Tus pasos en la escalera

Antonio Muñoz Molina
Tus pasos en la escalera

Seix Barral

Obra editada en colaboración con Editorial Planeta – España

© 2019, Antonio Muñoz Molina

Adaptación de la portada: Booket / Área Editorial Grupo Planeta
Imagen de la portada: *From a notebook* © Antonio Palmerini

© 2019, 2020, Editorial Planeta, S. A. – Barcelona, España

Derechos reservados

© 2023, Editorial Planeta Mexicana, S.A. de C.V.
Bajo el sello editorial BOOKET M.R.
Avenida Presidente Masarik núm. 111,
Piso 2, Polanco V Sección, Miguel Hidalgo
C.P. 11560, Ciudad de México
www.planetadelibros.com.mx

Primera edición impresa en España: noviembre de 2020
ISBN: 978-84-322-3730-0

Primera edición impresa en México en Booket: octubre de 2023
ISBN: 978-607-39-0792-7

Impreso en los talleres de Impregráfica Digital, S.A. de C.V.
Av. Coyoacán 100-D, Valle Norte, Benito Juárez
Ciudad de México, C.P. 03103
Impreso en México - *Printed in Mexico*

Biografía

Antonio Muñoz Molina nació en Úbeda (Jaén) en 1956. Ha reunido sus artículos en volúmenes como *El Robinson urbano* (1984; Seix Barral, 1993 y 2003) o *La vida por delante* (2002). Su obra narrativa comprende *Beatus Ille* (Seix Barral, 1986, 1999 y 2016), *El invierno en Lisboa* (Seix Barral, 1987, 1999 y 2014), *Beltenebros* (Seix Barral, 1989 y 1999), *El jinete polaco* (1991; Seix Barral, 2002 y 2016), *Los misterios de Madrid* (Seix Barral, 1992 y 1999), *El dueño del secreto* (1994), *Ardor guerrero* (1995), *Plenilunio* (1997; Seix Barral, 2013), *Carlota Fainberg* (2000), *En ausencia de Blanca* (2001), *Ventanas de Manhattan* (Seix Barral, 2004), *El viento de la Luna* (Seix Barral, 2006), *Sefarad* (2001; Seix Barral, 2009), *La noche de los tiempos* (Seix Barral, 2009), *Como la sombra que se va* (Seix Barral, 2014), *Un andar solitario entre la gente* (Seix Barral, 2018), *Tus pasos en la escalera* (Seix Barral, 2019), el volumen de relatos *Nada del otro mundo* (Seix Barral, 2011) y el ensayo *Todo lo que era sólido* (Seix Barral, 2013). Ha recibido, entre otros, el Premio Príncipe de Asturias de las Letras, el Premio Nacional de Literatura en dos ocasiones, el Premio de la Crítica, el Premio Planeta, el Premio Liber, el Premio Jean Monnet de Literatura Europea, el Prix Méditerranée Étranger, el Premio Jerusalén y el Premio Qué Leer, concedido por los lectores. Desde 1995 es miembro de la Real Academia Española. Vive en Madrid y Lisboa y está casado con la escritora Elvira Lindo.

Il faut cacher sa vie.

MONTAIGNE

días amanecen frescos y serenos. Cada mañana hay una niebla húmeda y muy blanca que el sol traspasa poco a poco y que trae río arriba el olor profundo del mar. Las golondrinas surcan el cielo y vuelan por encima de los tejados como en las mañanas frescas de los veranos de la infancia. En cuanto llegue Cecilia no me quedará más que pedir. Probablemente el fin del mundo ha empezado ya pero aún parece estar lejos de aquí. Durante todo el día, desde antes del amanecer hasta después de medianoche, los aviones llegan cruzando el cielo desde el sur, justo por encima del Cristo que despliega sus brazos de cemento armado igual que un superhéroe a punto de lanzarse al vuelo. Por el río suben cruceros gigantes, como urbanizaciones turísticas verticales, réplicas flotantes de Benidorm o de Miami Beach. Nada mejor para distraer la espera que asomarse a un balcón o a la barandilla de un parque y mirar un gran río de anchura marítima y los barcos que pasan. Pasan veleros livianos y petroleros con cascos como acantilados herrumbrosos. Desde una calle cercana veo a la orilla del río la grúa de un muelle de contenedores. A la luz de los reflectores nocturnos la grúa va de un lado a otro con movimientos de araña robot; una araña crecida monstruosamente por efecto de la radiación atómica en una película futurista de los años cincuenta. Desde la terraza de la cocina, donde dentro de poco empezaremos Cecilia y yo a plantar hortalizas en cajones con tierra fértil, por encima de los

balcones y de los tejados, y de la chimenea de ladrillo de una antigua fábrica, veo lo más alto de uno
de los pilares del puente, rojo desleído contra el azul
suave del cielo. El rumor de fondo que se oye siempre es el del tráfico en el puente; el tráfico de coches y camiones y el de los trenes en la pasarela
inferior; y también la vibración de los pilares y las
planchas metálicas bajo el peso y el temblor del tráfico, y el de los cables como cuerdas de arpa estre-
mecidas por el viento. El puente y todo el río y las
colinas de la otra orilla y los muelles de los contenedores y el Cristo los veo cada mañana desde el
pequeño parque donde llevo a pasear a Luria. Si yo
voy a su lado, husmea entre los setos, corre detrás
de las palomas, escarba la tierra en la que ha hundido el hocico. Si me siento en un banco y me quedo
mirando hacia el río y los aviones que vienen, Luria se sienta a mi lado a contemplar el mismo espectáculo, el hocico levantado, la mirada fija en una
lejanía que solo verán muy vagamente sus ojos mio-
pes, en una perfecta actitud de espera. Si saco un
libro y me pongo a leer, parece que me toma el re-
levo y acentúa la alerta.

2

Quizás me he acomodado tan pronto a esta nueva vida porque tiene un cierto número de puntos en común con la que dejamos atrás. Puede que las semejanzas influyeran sobre nosotros de manera inconsciente cuando elegimos esta zona de la ciudad y esta casa. Observo cada día repeticiones y resonancias que no había percibido antes. La mayor parte de las operaciones mentales decisivas suceden en el cerebro sin que las sospeche la conciencia, dice Cecilia. El Cristo de la otra orilla era al principio una perturbación, un error del paisaje: el primer día en el hotel de Lisboa, Cecilia abrió la ventana y lo vio a lo lejos y como estaba algo aturdida por el jet lag me dijo que durante un momento absurdo había pensado que estaba por equivocación en Río de Janeiro, de donde había vuelto unas semanas antes, de uno de sus congresos sobre el cerebro. Tenía después que venir a Lisboa y a este viaje yo sí pude acompañarla. Ella asistía a sus sesiones científicas y yo daba vueltas por la ciudad y la esperaba en el hotel o en un café, aliviado de no estar en Nueva York y no estar trabajando. El hotel era silencioso y recogido, como un hotel familiar inglés no de la realidad sino de alguna película, con las moquetas limpias y sin olor a moho. Abrimos las cortinas de la habitación al llegar y vimos de golpe el río y los muelles. En la tercera planta había una biblioteca forrada de maderas oscuras, sillones de cuero viejo, una chimenea, un catalejo de cobre dorado, un gran ventanal, una terraza frente al río. Al fondo estaba el puente. Las guirnaldas de luces se encendieron pronto en el atardecer de diciembre, en una niebla de llovizna. Cobijados en la cama como en el interior de una madriguera oíamos las campanadas de las horas en la torre de una iglesia. Colmados luego, apaciguados, hambrientos, salimos en busca de un sitio para cenar, por calles deshabitadas en las que había muy pocas luces encendidas. La condensación de la niebla volvía resbaladizas las piedras blancas de las aceras. No parecía probable que en aquel barrio apartado y a aquella hora pudiéramos encontrar un restaurante. Al subir una escalinata vimos al fondo de la calle una esquina iluminada de donde venía un rumor sosegado de voces, de cubiertos y platos. Era una casa baja pintada de rosa, con una buganvilla cubriendo la mitad de la fachada y la ventana, como una casa de campo inesperada. Al

13

chard Byrd me ha dado algo de nostalgia de aquellos inviernos. Guardaba en un armario el abrigo largo de Cecilia y me acordaba de su cara en el frío, el gorro de piel sobre las cejas, la punta de la nariz enrojecida, el lustre rosado en los pómulos. Ha sido agotador pero ahora me alegro de haber acelerado la mudanza sin esperar a que ella vuelva. Ha sido una hazaña darse tanta prisa en una ciudad en la que las cosas parece que suceden a un ritmo mucho más lento.

También he tenido, hemos tenido, la suerte de que en el momento de máxima crisis apareciera Alexis capitaneando su equipo infalible de ayudantes, cómplices más bien, conjurados en sus tareas diversas, en sus saberes prácticos, todos los cuales el mismo Alexis parece que domina sin dificultad. La poesía de una ciudad nueva corre el peligro de extinguirse sin rastro cuando uno ha de instalarse en ella. El tiempo apremiaba y yo me quedaba paralizado en la ineficacia y en la angustia. Los números de teléfono a los que llamaba no respondían. Cuando alguien contestaba después de media hora de espera escuchando una grabación musical en bucle, yo no acababa de entender lo que me decían y no lograba explicarme en portugués. Alguien me aseguraba que iba a venir para instalar algo o traer algo y no se presentaba. Yo pasaba el día esperando sentado sobre una caja de mudanza sin abrir, con la etiqueta de la compañía americana. Luria esperaba conmigo. Luria tiene todavía más talento que yo para esperar. Luria recibe hasta a los operarios más retrasados o más incompetentes con su entusiasmo infatigable por la especie humana. El cielo estaba oscuro y bajo, y no paraba de llover. En la calle la basura se acumulaba día tras día junto a los contenedores rebosantes. Más que la incomodidad me agobiaba la superstición de que por culpa de aquellos percances nuestra vida futura en la ciudad quedara malograda, nuestra casa sin estrenar se contaminara de fracaso. No quería decirle nada a Cecilia por miedo a que retrasara su viaje. Pero tampoco quería que viniera y se encontrara en medio de un desorden deplorable, sin condiciones para vivir ni para trabajar. Un día apareció Alexis, para instalar no sé qué, y apareció a la hora exacta en que había anunciado que vendría, con su teléfono en una mano y su caja de herramientas en la otra, con un cinturón de operario del que cuelgan todo tipo de destornilladores, aparatos diversos, racimos sonoros de llaves. Abrí la puerta y antes de entrar Alexis se inclinó como en un saludo japonés al mismo tiempo que se limpiaba las suelas de las botas en el felpudo. Dijo «*com licença*» y se deslizó en el hueco de la puerta antes de que yo la abriera del todo, con una agilidad de submarinista o de experto en escabullirse de cepos o cajas fuertes, un Houdini de todos los trabajos domésticos. Miró a su alrededor evaluando con precisión

4

Alexis sabe averiguar el funcionamiento de cualquier clase de aparato, mecánico o electrónico, sin haberlo visto nunca antes, y lee reflexivamente y pone en práctica las instrucciones confusas y hasta mal traducidas. Usa destornilladores, alicates, llaves inglesas, y convierte cada tarea manual en algo tan liviano como un ejercicio de papiroflexia. Sus manos son enjutas y ágiles, móviles de una manera fluida y precisa. Las yemas anchas de los dedos poseen una cualidad entre adhesiva y prensil. De vez en cuando tengo la impresión de que esa empresa de *Serviços urbanos integrais* o *Integral Urban Services* para la que dice que trabaja es puramente ficticia, y que él, Alexis, es su único director, capataz y operario, a pesar del diseño persuasivo de las tarjetas de visita que lleva siempre consigo y de la página web en inglés y portugués con las siluetas superpuestas de varios *skylines*, palabra que le gusta mucho. Yo venía impaciente cada mañana para comprobar cómo avanzaba la pintura. Parecía haber indicios de la presencia de otros operarios, pero al único que veía era a Alexis, subido como un equilibrista en lo alto de una escalera de mano, pintando las molduras de blanco y las paredes y el techo del color azul exacto que le gusta a Cecilia. Alexis notaba la desolación en mi cara y me aseguraba que aunque por el momento no lo pareciera estábamos ganando «la batalla contra el tiempo».

Me daba pánico pensar que fuera un estafador; que no cumpliera nada de lo que me había prometido; que se marchara dejándolo todo empantanado en suciedad y desorden. Hacía llamadas urgentes con un teléfono de manos libres. Exigía cosas en portugués a proveedores rezagados. Si yo apuntaba una queja se inclinaba sonriendo con una impasible cortesía de monje tibetano. Otras veces llegaba yo a las nueve de la mañana con el miedo a no encontrar a nadie o a encontrar de nuevo nada más que a Alexis y en el apartamento había un barullo y un rumor de trabajos variados, carpinteros, electricistas, pintores, cada uno en lo suyo, atentos a las instrucciones impartidas por un Alexis viajero y políglota que había aprendido portugués cuando se ganaba la vida en Río de Janeiro dirigiendo un equipo de especialistas en lo que él llama «trabajos verticales»: escaladores que se cuelgan de los edificios más altos para limpiar cristales o desplegar lienzos de anuncios. Había trabajado en la limpieza del Corcovado, me dijo, señalando con cierto desdén a su réplica del otro lado del río. Había tenido una oferta para trabajar en la limpieza de la Estatua de la Libertad pero al final no se había decidido «a dar el salto a Nueva York». Me confesó una ilusión juvenil, ya irrealizable, por haber trabajado en las Torres Gemelas. Alexis tiene una envergadura liviana y atlética de trapecista, de acróbata, de bailarín de danza contemporánea con barba de unos días y cabeza afeitada. Cuando no estaba reparando los conductos de la calefacción o del gas o descifrando los programas de la lavadora se apartaba a un rincón tranquilo para resolver por teléfono gestiones administrativas cruciales que hasta entonces habían sido imposibles para mí: contratos, domiciliaciones, trámites comunes y también pavorosos en los que el extranjero se encuentra perdido. Alexis se mueve con la misma diligencia envidiable por los laberintos digitales y por el anticuado mundo tridimensional al que yo pertenezco. La instalación del wifi y la de la smart TV la resolvió en una hazaña de prestidigitación virtual que no duró más de unos minutos. «A la señora Cecilia le gustará navegar online bien rápido y tener muchos canales y muchas series y películas para elegir.»

«Carrera contra reloj», dice Alexis. También le gusta decir: «tiempo récord». Ahora voy de un lado a otro de la casa comprobando que todo está en su sitio, en la medida de lo posible tal como estaba en el otro apartamento, según el orden que le fue dando Cecilia. El taladro y la barra de nivel de Alexis han dado a cada cuadro o lámina enmarcada su posición exacta. Cecilia detecta a simple vista cualquier inclinación. Sabe determinar la altura más conveniente para la mirada. Alexis es un gran técnico pero no tiene una opinión definida, o por cortesía prefiere no manifestarla. Inevitablemente, a lo largo de los años, mi juicio estético ha mejorado por influencia de Cecilia. Pero al colgar cuadros y distribuir objetos lo que he hecho sobre todo ha sido repetir la disposición que tenían en la otra casa, tarea fácil porque esta de ahora se le parece mucho, más de lo que ella o yo supimos ver al principio. En caso de duda hago el esfuerzo consciente de fijarme en las cosas como si las estuviera viendo con los ojos de Cecilia. De tanto hablarle yo de ella, y de ver sus fotos y sus objetos favoritos en las habitaciones, Alexis nombra a Cecilia con una familiaridad que a mí me parece halagadora, si bien nunca le quita el tratamiento portugués de respeto: la señora. Me ayudó a sacar de la caja y a desenvolver una por una las golondrinas de cerámica que teníamos pegadas a la cabecera de la cama en la otra casa, y que le pedí que me ayudara también a poner en esta. Es un itinerario de ida y vuelta el que han hecho esas golondrinas. Las comprámos en Lisboa en aquel viaje, para nuestro dormitorio de Nueva York: diez golondrinas, de mayor a menor, que Cecilia dispuso como en una bandada en la pared del cabecero, las alas de barro vidriado abiertas contra el azul de la pared. Sobre un azul idéntico y en un vuelo semejante las ha pegado ahora Alexis en este dormitorio, encima de la cama que teníamos allí y de las mismas almohadas. Aparte de los consejos y dictámenes técnicos, Alexis también me ofrece de vez en cuando reflexiones poéticas. Terminó de situar las golondrinas en la pared, con su extraña pistola de pegamento en la mano, como esas armas a veces muy específicas que manejan los superhéroes, y dijo: «Las *andorinhas* son aves migratorias. Qué lindo que hayan vuelto a su tierra de origen». A una de ellas se le había roto un ala. Alexis la pegó tan delicadamente como si le compusiera el ala a una golondrina herida.

5

De noche me gusta sentarme en el estudio de
Cecilia, delante de su escritorio, del mapa enorme
del cerebro humano que parece un mapamundi,
clavado ahora en el mismo sitio en el que lo tenía
ella. Cuando se instale aquí podrá pensar que no
ha cambiado de ciudad. La semejanza hará más
fácil la continuidad de su trabajo. Yo no tengo nada
que hacer pero me siento en su silla anatómica y
enciendo el flexo de brazos articulados y me quedo
mirando el mapa del cerebro y leyendo los nombres como si fueran los de las ciudades, los mares
y los países en un mapamundi, los nombres exóti-
cos en un mapa de la Luna o de Marte. El estudio
de Cecilia fue la primera habitación que estuvo
completa en esta casa. Me refugiaba en él y cerraba
la puerta mientras Alexis y sus operarios continua-
ban agitadamente los trabajos diversos que no parecían terminar nunca. Sobre el escritorio están los

tarros de lápices y los cuadernos y papeles de Cecilia. En la disposición del estudio, si la memoria no me engaña, creo que he logrado un calco perfecto: el escritorio, el mapa, el sillón anatómico, el sofá cama que usaban los invitados, el mueble archivador de madera de los años treinta que compramos en un anticuario. Cecilia dijo que parecía un archivador en uno de esos cuadros de oficinas de Edward Hopper. Encima de él está la cabeza de cartón de carnaval o desfile de año nuevo chino. La boca grande y risueña y los ojos vacíos de la cabeza de cartón son lo primero que veo cuando entro al estudio. Me siento en el escritorio y la ventana también queda a mi izquierda. Pero aquí la ventana da a un panorama de tejados y no a la calle. Me siento en el escritorio y no hago nada. Igual que en Nueva York, Luria ha instalado debajo del sofá cama una de sus diversas madrigueras y la protege gruñendo si me aproximo a ella.

El estudio es la habitación más recogida de la casa, pero por algún motivo es aquí donde se oyen más los aviones. En Nueva York volaban sobre el río y a la altura del puente George Washington giraban hacia el este rumbo al aeropuerto La Guardia. Pero volaban mucho más alto y el ruido no era tan poderoso. Aquí veo esta noche en la ventana del estudio la Luna en cuarto creciente en un cielo liso y negro. Los aviones vuelan ya tan bajo que puedo distinguir las luces en las ventanillas y los letreros con los nombres de las compañías. Viene un avión casi cada minuto. Decía en el periódico que llegan cuarenta aviones cada hora al aeropuerto de Lisboa. Cierro bien la ventana y el doble cristal amortigua el fragor que se acerca.

Hasta hace muy poco yo no había reparado en ese ruido permanente. Ni Cecilia ni yo nos dimos cuenta en aquel viaje, en nuestros primeros paseos por el barrio, ni cuando vimos el apartamento, cuando decidimos de la noche a la mañana que queríamos vivir en él, cambiar de país, de ciudad y de vida. Ahora hago pruebas para saber dónde llega más el ruido, y cómo mitigarlo, y si será factible dormir con las ventanas abiertas, y desayunar y cenar en la terraza de la cocina, sin que nos perturbe demasiado el ruido de los aviones. Sin duda llegarán menos cuando pase el verano y termine la temporada turística. Le pedí consejo a Alexis y me ofreció una disertación muy prometedora sobre las innovaciones en el aislamiento acústico. A veces uno no se da cuenta de las cosas más obvias si alguien no le llama la atención sobre ellas. Un poco tramposamente he pensado que no voy a decirle nada a Cecilia sobre el ruido. Sin duda es mi propensión obsesiva la que lo vuelve más molesto.

6

Los aviones le dieron pesadillas a Cecilia durante mucho tiempo. Se las siguen dando todavía, algunas noches, tantos años después. Dice Cecilia que tener pesadillas muy repetidas es una ventaja profesional para alguien que se dedica a estudiar los mecanismos de la memoria que preservan el miedo mucho después de que termine la amenaza o el trauma que lo despertó. El miedo no duerme nunca, dice Cecilia. Somos los descendientes de organismos primitivos y de animales a los que eso que nosotros llamamos miedo les permitió sobrevivir. Cecilia se despertaba gritando porque había soñado que un avión venía en dirección a nuestra casa y llenaba ya toda la ventana. La despertaban las pesadillas y a mí me despertaba su sobresalto. Nos despertaban a los dos a cualquier hora de la madrugada las sirenas de los camiones de bomberos y de los coches de policía disparadas a todo volumen y sin ningún motivo por las avenidas desiertas. Lejos de nosotros, en el extremo sur de la isla, seguía ascendiendo la gran nube negra con un interior rojo de llamas, ocupando el lugar exacto del horizonte en el que hasta unos días y luego semanas atrás habían estado las dos torres. En los sueños de Cecilia los aviones se acercaban volando muy bajo y atravesaban una torre y luego la otra en deflagraciones de fuego tan repetidamente como las imágenes que se veían en la televisión. Asistíamos al fin del mundo en directo mirando la pantalla y escuchando las voces de pánico en la radio y subíamos en ascensor hasta el piso treinta para verlo con nuestros propios ojos desde la terraza del edificio, muy a lo lejos, al sur, hacia el final de la ciudad, en la transparencia de una mañana limpia de septiembre, ya en el tránsito hacia el final del verano, después de la frontera del Labor Day, que cancela en Nueva York el ritmo lento de agosto. Vino de pronto un rugido de aviones acercándose, una explosión duradera que estremecía y atronaba el aire. Cecilia se abrazó a mí y escondió su cara en mi cuello. No había razón para dudar de que se avecinaba otro ataque, más aviones enormes de pasajeros perdiendo altura sobre la lámina reluciente del Hudson, yendo a estrellarse contra las torres de la ciudad, contra la terraza misma en la que nosotros estábamos. Alcé los ojos y eran cazas militares.

ne un aire como de reloj de submarino nuclear de los años de la guerra fría. La radio de la cocina es la misma: casi me extraña conectarla y que no suene la radio pública de Nueva York. Cecilia se levantará la primera mañana y dará casi los mismos pasos del dormitorio a la cocina, y la cafetera de Nueva York estará dispuesta, y el tarro del café será el mismo, y en la hornilla el gas encenderá dócilmente la misma llama azul, y el exprimidor le facilitará el zumo de naranja, con la gran diferencia, que ella advertirá en segundos, de que las naranjas de aquí tienen un sabor más intenso y más dulce, y un color más fuerte, y que el café de Angola es más suave, y la mañana más luminosa, porque la claridad no entra por una ventana desde un patio interior, sino por el balcón abierto de par en par a la terraza. En todo lo que ella vea, en la normalidad de lo diario, el agua que brota del grifo y la nevera que mantiene el frío, en la cafetera que se pone en marcha al pulsar un interruptor, estará la marca del talento y de la eficiencia de Alexis y sus subordinados o conjurados, que han ido completando la instalación de cada cosa y resolviendo contratos y trámites en oficinas en las que yo me habría perdido sin lograr nada. Alexis trajo al carpintero que construyó e instaló la estantería del pasillo en poco más de una semana y al experto de la compañía del gas y al del teléfono y el wifi; y cuando vio el desorden y el polvo que dejaron atrás los operarios fornidos pero desalmados de la mudanza mandó un mensaje a una señora que se presentó tan solo unas horas después cargada de todo tipo de productos de limpieza, y dotada de una capacidad de trabajo tan metódica, tan imperturbable, como su fecundidad habladora.

Vino Cándida y de inmediato, «desde el minuto uno», dice Alexis, se puso a trabajar y a hablar, sin desanimarse ante nada, ni la tarea abrumadora que tenía por delante ni mis dificultades igual de visibles para entender la lengua portuguesa. Cándida limpiaba enérgicamente y hablaba sin parar con Alexis, y cuando Alexis se fue habló conmigo, tan rápido que cuando yo empezaba a entender el sentido de una frase Cándida ya había cambiado de tema. Pero le hablaba con la misma convicción a Luria si yo no estaba delante, y si Luria se apartaba de ella Cándida se hablaba a sí misma. Cuando se marchó unas horas después me quedé hipnotizado por la limpieza y el silencio que Cándida había dejado tras de sí. Las anchas tablas del suelo relucían en la claridad de la tarde con un brillo de barniz. Los tejados de las casas próximas y el azul suave del cielo eran mucho más nítidos ahora que estaban limpios los cristales. El apartamento entero tenía una serenidad espaciosa de pabellón japonés. Por primera vez tuve la sensación de que la casa estaba preparada para recibir a Cecilia. Hasta hacía una tarde tibia de sol, después de muchos días de grisura y lluvia. Si el mundo va a acabarse no hay mejor sitio que este para esperar el fin. Y si por alguno de los muchos desastres posibles se quiebran de golpe los mecanismos innumerables y frágiles de la normalidad, será un alivio para Cecilia y para mí tener cerca el talento práctico, la sagacidad, la paciencia de Alexis.

que moverme por el rellano y agitar los brazos. Introduje con mucho cuidado la llave en la cerradura. Con pulso firme, hasta el fondo. Luria me observaba con admiración. Inicié despacio el giro, pero el mecanismo no cedió. Temí que si hacía mucha fuerza la llave se rompiera. Lo normal era imposible. La luz del rellano volvió a apagarse. Dejé la llave en la cerradura y agité los brazos para activar el mecanismo fotoeléctrico. Pensé en cómo se reiría Cecilia de mí cuando se lo contara; de mi torpeza para cualquier tarea manual; de cómo me aturdo ante cualquier contratiempo; de los pasos que daba por el rellano y de los brazos alzados para activar el detector. La puerta servicial de mi casa era un muro infranqueable. «Infranqueable» es una palabra muy seria. Giré tan fuerte la llave que me dolía la muñeca. Si ponía un poco más de fuerza la llave iba a romperse. Al otro lado de la puerta estaba mi casa, mi cena, la cama en la que hasta un momento antes había dado por supuesto que me acostaría, la cerveza que seguía enfriándose para mí en la nevera. Eran las once de la noche. La única persona en Lisboa que tenía otra llave de mi apartamento era Alexis. La luz del rellano volvió a apagarse. Sin sacar la llave de la cerradura me senté en el rellano y acaricié el lomo dócil de Luria en la oscuridad. Soy un especialista en miedos retrospectivos: qué habría sido de mí en el caso nada inverosímil de no haber llevado conmigo el teléfono cuando salí a pasear a Luria. Por mucho que agitara los brazos la luz del rellano ahora no se encendía. A la luz providencial del teléfono intenté una vez más abrir la puerta. Era una vergüenza llamar a Alexis a esa hora. Pero más vergüenza sería llamarlo más tarde. Al principio no me contestaba. Estaría hablando con otro de sus clientes innumerables, o lo habría desconectado para lograr algo de descanso, para dormir en paz después de una jornada muy larga. Cuando me contestó oí de fondo una voz de mujer, un llanto infantil, el sonido de la televisión. En algún lugar borroso de las afueras de Lisboa Alexis tenía su propia vida, a las once y media de la noche. Con gran apuro le conté mi desdicha, mi aprieto de hombre torpe con las manos. Me pidió que esperara un momento. Tapó el móvil o lo desconectó. Imaginé con remordimiento una escena de disgusto doméstico. Dijo «aló» y me prometió que llegaría cuanto antes. Lo esperé sentado en el rellano, levantándome y agitando los brazos cada minuto para que se encendiera la luz. Algo estaba haciendo mal para que se encendiera unas veces y otras no. Quise tomar ejemplo de la paciencia augusta de Luria. Alexis llegó tan rápido como si entre sus habilidades estuviera la de pilotar helicópteros o batmóviles. Luria alzó las orejas y el hocico cuando se oyó el motor de un coche en la calle silenciosa. Alexis subía las escaleras a galope. Vino con su caja de herramientas, con su cinturón de destornilladores y llaves inglesas, con una cuerda de escalada al hombro, con una linterna que podía apoyarse en un trípode desplegable, con una pistola de spray desatascador, con dos copias diferentes de la llave del apartamento. No lo culpo de haberse enfrentado al principio a la situación con un grado de condescendencia. A los ojos de lince de Alexis yo debo de ser como un discapacitado entre bondadoso y pintoresco. Pero tampoco él conseguía abrir la puerta, ni con gestos sutiles ni con golpes rotundos. Cada sesenta segundos la luz se apagaba y yo tenía que andar a pisotones por el rellano agitando en alto los brazos. Eso me hacía sentirme útil delante de Alexis, aunque también ridículo. Él sudaba, mordía el teléfono para alumbrarse con él mientras hacía cosas con la cerradura, extendía el trípode para enfocar la linterna. Los ojos le abultaban en las cuencas, en la cara enjuta de cartujo o de monje guerrero japonés. Algunas veces yo voy contándole en silencio las cosas a Cecilia al mismo tiempo que suceden. Con un destornillador Alexis intentaba en vano desmontar la cerradura. Se lamentaba filosóficamente de lo viejo, lo caduco, lo obsoleto que es todo en Lisboa. Con el mismo trapo algo grasiento con el que limpiaba sus herramientas se secaba el sudor de la cabeza afeitada. Se me ocurrió algo inverosímil: que Alexis estuviera sintiéndose avergonzado ante mí. Se quedó de pie, agotado, decepcionado de sí mismo. Se apagó la luz y yo alcé los brazos delante de él y di vueltas a pisotones por el rellano, como el que finge aleteos de pájaro, de gallina. Eso al menos sabía hacerlo. Alexis alzó del suelo la cuerda que había traído colgada del hombro. Me dijo que en último extremo podía escalar la fachada hasta el balcón. El sudor le desbordaba las cejas y llegaba a sus ojos. Alexis se lo limpiaba con el dorso de la mano. Intuyendo la emergencia Luria se puso bocarriba y nos ofreció la barriga para que se la acariciáramos. Desoladoramente para ella ninguno de los dos le hizo caso. Entonces Alexis, con uno de esos gestos suyos de prestidigitador, sacó una especie de estuche de piel de yo no sé dónde. Lo abrió en el suelo. Se arrodilló para examinarlo. Era un estuche de piel o de fieltro o de terciopelo. Alexis lo tocaba con extremo cuidado. Dentro de él había una serie de herramientas. Pude discernir que eran afiladas y plateadas. La luz del rellano se apagó. Cuando gesticulé lo bastante para que se encendiera Alexis seguía mirando las herramientas sin tocarlas. «Yo al señor no debería estar enseñándole esto.» Una vez más le dije que no hacía falta que me llamara señor. Por fin eligió una de ellas. Luria se daba cuenta de que algo decisivo estaba a punto de ocurrir, y de que a ella le correspondía comportarse con un máximo de cautela. Arrodillado delante de la cerradura, con la linterna enfocada hacia ella, con la luz del teléfono entre los dientes, respirando por la nariz, Alexis hizo lentamente algo con una de aquellas herramientas de aspecto muy especializado. Se había frotado despacio las manos,

9

Me siento en el sofá del salón o en el sillón de leer o me acodo en el muro de la terraza y disfruto a conciencia de no estar haciendo nada. El sillón es un regalo de cumpleaños de Cecilia. Empujo hacia atrás y al mismo tiempo que cede el respaldo se levanta por delante un soporte mullido para los pies. Es como flotar en el espacio, sin peso y sin vértigo, con las piernas abiertas, como un astronauta. Parece mentira haber completado en un tiempo tan breve la tarea extenuadora de una mudanza al otro lado del océano y de la instalación en una nueva casa, en otra ciudad de otro país donde una vez más hay que aprenderlo todo. Me siento a no hacer nada y a esperar, con Luria a mi lado. Escucho en la escalera pasos de vecinos. Ya quiero imaginar cómo sonarán en ella los pasos familiares de Cecilia, subiendo o bajando rápido con sus sandalias de verano. No hay otra cosa que hacer.

Leer o escuchar música durante horas o mirar a medianoche los canales internacionales de televisión son formas variadas de holganza. Salvo en la lectura, Luria me acompaña en todas ellas. Se sienta a mi lado delante del televisor y se queda hechizada e inmóvil muy cerca de los altavoces del equipo de música. Dice Cecilia que las terminaciones nerviosas en su oído interno son mil veces más numerosas que las nuestras. Luria prefiere los vinilos a los cedés, la música de cámara a la sinfónica, la voz de Billie Holiday a cualquier otra voz grabada.

No pienso trabajar nunca más: ni un solo día, ni una hora. Cuidaré el huerto, cuando lo hayamos plantado. Iré por las mañanas con mi mochila al hombro al Campo de Ourique para hacer la compra. Cocinaré para Cecilia. Ordenaré con más cuidado los libros, los discos y las películas. Le daré a Luria paseos saludables que compensen su inclinación sedentaria. Me ocuparé de buscar buenas panaderías de modo que cada mañana podamos compartir un desayuno variado y sabroso, y a ser posible, mientras dure el buen tiempo, en la mesa de hierro pintado de azul de la terraza. Los gánsteres corporativos que me explotaron y me extorsionaron y me forzaron a explotarme y a extorsionarme a mí mismo y a quienes estaban por debajo de mí durante la mayor parte de mi vida adulta y a continuación me despidieron con el equivalente administrativo de una patada en el culo o más bien en el estómago se las han arreglado para concederme la compensación más baja que les ha sido posible, con gran ayuda de las leyes y de los abogados de empresa. Cobraré una pensión mediocre, considerando la duración penitenciaria de todos los años que me ha costado merecerla. Mientras tanto tengo ahorrado dinero suficiente para ir viviendo con austeridad y sin agobio hasta que llegue el fin del mundo, o hasta que dejen de funcionar los servicios elementales, los canales de distribución de agua o energía o de alimentos, los sistemas digitales de pago, los bancos. Mi amigo Dan Morrison, que aplicaba su formación en Física teórica a los manejos de una firma de inversiones en Wall Street hasta que lo despidieron en 2008, dice que el sistema financiero mundial no es mucho más estable que una pompa de jabón. Alexis me ha contado que en Argentina, en la época del corralito, el dinero desapareció o perdió su valor y la gente adoptó de la noche a la mañana y con gran destreza una economía eficiente de trueque. «Era rebárbaro. Reparé un *frigidaire* averiado y la señora me pagó con una docena de huevos.» Por lo pronto me alivia acceder sin dificultad a mi cuenta y comprobar que no hay peligro de penuria en el porvenir cercano. Siempre cabe la posibilidad de una quiebra bancaria, de un gran pánico financiero que estalle de golpe y se lo lleve todo por delante, de un ataque nuclear terrorista: pero hay incertidumbres que no

me había sumado al aplauso y paladeado en secreto mi orgullo conyugal. En un escenario en penumbra, delante de un atril, su cara iluminada por la pantalla del portátil, la silueta de Cecilia se recortaba contra otra pantalla mucho más grande en la que se sucedían imágenes de cortes cerebrales y resonancias magnéticas, manchas blancas que se movían como corrientes y sistemas de nubes transmitidas por un satélite. Se abrió una gran cortina a un lado de la sala y apareció de golpe en un muro de cristal el horizonte de la desembocadura del Tajo. En cuanto ella quisiera podría tener un puesto de trabajo, un laboratorio, en un gran centro europeo, aquí mismo, en Lisboa, en ese edificio blanco y futurista a la orilla del río en el que se celebraba el congreso. Subíamos luego por las cuestas empedradas más allá del hotel y al doblar una esquina descubríamos de pronto el río y el puente, lejos y cerca, las torres con miradores, las tapias rosadas de jardines. Vimos en una esquina el taller de un zapatero remendón. Vimos una mujer con gafas de mucho aumento que se asomaba a la ventana de un piso bajo y nos seguía con la mirada. Vimos un gato tomando el sol en un balcón lleno de hierba, en una casa que parecía abandonada. Vimos el letrero de «Se Vende» en un balcón de este edificio. Cecilia es mucho más expeditiva que yo y en ese mismo momento llamó por teléfono.

Es justo en ese balcón donde yo estoy asomado ahora. En el balcón de enfrente veo a veces a un hombre de pelo revuelto y blanco que debe de ser todavía más holgazán que yo porque se pasa el día en bata y pijama. En las ventanas del último piso de la casa de enfrente se ven reflejados como en fotogramas sucesivos los aviones que pasan. Es una calle silenciosa con muy poco tráfico. Lo sería por completo si no pasaran los aviones. Cuando se acerca un coche el motor empieza a oírse antes de que aparezca. Si he dejado abierto el balcón Luria viene corriendo desde cualquier sitio donde esté y se asoma a la calle, las orejas tiesas, la cola barriendo el suelo como un ventilador. Algunas noches el silencio es tan completo que me despierto con un pálpito de intriga y esperanza si un coche dobla la esquina y se detiene.

A partir de ahora no nos hará falta gastar mucho dinero. Nos hemos librado de la extorsión continua que es la vida en Nueva York. En cualquier esquina de este barrio hay una pastelería o un restaurante de comida barata y sabrosa. La mayor parte de las cosas que vamos a necesitar para nuestra vida diaria vino en el contenedor de la mudanza. Me acuerdo de esas novelas de islas desiertas que me gustaban tanto a los doce o trece años, ese momento en que los supervivientes del naufragio hacen recuento de las cosas que han podido salvar, o las que el mar ha arrojado a la orilla, y con las que a partir de ahora deberán arreglárselas. Recién instalada la casa, yo hago inventario de mis posesiones domésticas, yendo de una habitación a otra, revisando cajones, estanterías, armarios. El resultado es una sensación de modesta opulencia. No necesitaré comprar nada costoso en los próximos tiempos. Nuestras cosas emergían reconocidas e intactas de los envoltorios de cartón y de plástico que los operarios de la mudanza rasgaban con furia delante de mí. Por una polea instalada en el balcón subían las cajas de libros. Había algo de conjuro en la aparición repentina de un oso de madera o de una maqueta de barco saliendo de un envoltorio de papel de periódico y cinta adhesiva. Yo iba abriendo cajas como cofres de posibles tesoros: nuestras fotos enmarcadas, el marinero risueño de porcelana que lleva al hombro un petate con una raja de hucha, el pato pintado de madera que servía de señuelo para cazar patos de verdad, la cabeza africana de vaca, la ballena tallada en un bloque de madera arrastrado por el agua y modelado por la intemperie, todos nuestros hallazgos útiles e inútiles. Hasta apareció lo que no recordaba que hubiera traído, nuestro teléfono fijo, con el altavoz en el que oíamos los mensajes grabados al llegar de la calle o al volver de un viaje, con el enchufe americano al final del cable. Alexis lo examinó al sacarlo de su envoltorio con un interés de arqueólogo.

La ropa y el calzado que tengo me podrán servir con un poco de cuidado para el resto de mi vida. Todo está ordenado ya en mi parte del armario. En la parte de Cecilia he puesto todas las cosas suyas que vinieron en la mudanza, sus vestidos, sus zapatos de tacón, sandalias, zapatillas de deporte, su ropa interior tan delicada, tan gustosa de tocar mientras la disponía en los cajones. Al abrir ahora esa parte del armario me recibe el aroma de su intimidad y de su colonia, de las pastillas de jabón que a ella le gusta poner entre la ropa. Por supuesto he dejado espacio libre suficiente para acomodar lo que ella traiga. Vestidos y pares de zapatos despliegan ya en el armario la variedad sucesiva de la presencia de Cecilia, su gusto voluble por las novedades incitantes que trae consigo cada cambio de estación. Por fortuna en el catálogo de su calzado ya no estarán las botas recias y pesadas de nieve que ella acabó detestando, las que no podía dejar de ponerse un día tras otro en aquellas rachas de invierno profundo que no parecían terminar nunca: cuando había que abrirse paso por las aceras escalando montañas de nieve sucia y de basura, hundir los pies en charcos helados traicioneros, en una pulpa de hielo y barro y nieve formada por los pisotones de las botas de la gente, resbaladiza en los peldaños metálicos a la entrada del metro; cuando había que taparse la cara y hasta cerrar los ojos contra los golpes de viento erizados de cristales de hielo. Pero me gustaba verla llegar de la calle con la cara enmarcada por el gorro de lana o por la orla de piel de la capucha del abrigo, la nariz roja, las mejillas rosadas por el frío, sus manos tan delgadas saliendo de los guantes enormes, mientras se sacudía la nieve o el barro de las botas en la alfombra de la entrada.

Como en la otra casa, el armario ocupa la pared frente a la cama: la parte de Cecilia se corresponde con el lado en el que ella se acuesta, la mía con el otro. No había reparado en la distribución casi idéntica de los dos dormitorios: la pared de la cama frente a la del armario; a la izquierda las dos ventanas; a la derecha la puerta. «La memoria es menos fiable de lo que parece», dice Cecilia. Por un momento no estoy seguro si en el otro dormitorio había dos ventanas o solo una. Eran dos, desde luego. El tocador art déco de Cecilia lo he puesto exactamente en el mismo sitio, en la pared de su lado de la cama, en el contraluz de las ventanas. Las dos mesitas de noche son las mismas, y las dos lámparas, con las pantallas de seda blanca. El despertador sigue estando en la mesita de Cecilia. Me despierto de noche en la oscuridad y el tenue resplandor rojo de los números me hace creer a veces que estoy en la otra casa. Quizás Luria cree que estamos todavía en ella. Reconoce los olores y la disposición del espacio. Se acuesta a los pies de la cama en la misma alfombra que le es tan conocida. Anda de un lado a otro con la misma soltura que si hubiera vivido siempre aquí. Le gusta montar guardia en los umbrales de las habitaciones. Cada mañana me mira alerta y ecuánime desde el umbral mientras arreglo el dormitorio, lo ventilo, hago la cama, ahueco las almohadas, aliso la colcha. La única parte que deshago es la mía. Cada vez que Cecilia estaba a punto de llegar de un viaje yo me concentraba en tenerlo todo impecable para cuando ella viniera. Si había estado fuera más de unos pocos días el esfuerzo era mayor; también el nerviosismo. Inevitablemente me había abandonado hasta cierto punto durante su ausencia. Recogía los *New York Times* de varios días copiosamente acumulados a los pies del sillón de lectura, y los libros que había ido dejando por cualquier sitio de la casa como el fumador antiguo que dejaba cigarrillos olvidados por los ceniceros y hasta en los filos de las mesas. El cigarro olvidado se consumía y en el borde de la mesa quedaba una quemadura. Esas quemaduras ya son tan del pasado lejano como las uñas y los dedos amarillos de los fumadores viejos.

puerto de Frankfurt o del de Singapur Cecilia abre su portátil y se pone las gafas y escribe o revisa un artículo científico con la espalda perfectamente erguida, con la misma serenidad que si estuviera en su estudio. Ella está ya viniendo y yo me preparo para recibirla. Desde que me despierto por la mañana hago el cálculo de la diferencia horaria para saber en qué momento exacto de su regreso está Cecilia. Cuando todavía trabajaba me inventaba un pretexto para quedarme el día entero en casa. Necesitaba dedicar a la espera todo mi tiempo y toda mi atención. Cecilia no llegaría hasta la última hora de la tarde. Yo ya estaba esperándola desde antes de despertar. La inquietud me hacía abrir los ojos muy temprano, sabiendo que en su horario europeo Cecilia ya habría hecho sus maletas y estaría camino del aeropuerto, o haciendo cola en el mostrador de facturación, o esperando en el control de seguridad. Cualquier cosa que yo hiciese era un preparativo o una distracción de la espera. Cambiaba las sábanas. Hacía la cama. Abría las ventanas aunque entrara un viento helado. En cuanto terminaba el desayuno limpiaba meticulosamente la cocina. Frotaba con el mismo empeño el aluminio del fregadero y de la hornilla y la porcelana del lavabo y del retrete. Vigilaba que no quedara ni una mancha de orina debajo de la tapa. Después de ducharme con una visible anticipación de deseo dejaba resplandeciente la bañera y quitaba la maraña repulsiva de pelos del desagüe. Rociaba la cortina de plástico con el agua de la ducha. Almorzaba fuera de casa para no volver a ensuciar la cocina. Me aseguraba de que hubiera cervezas muy frías en la nevera, la rubia *pale ale* que nos gusta a los dos. Ponía a enfriar una botella del vino blanco preferido de Cecilia. En Murray's, el delicatessen judío de Broadway y la Calle 90, compraba salmón y *whitefish* ahumados, ensalada de col, *blintzes* cremosos para el postre. En el camino de vuelta compraba un gran ramo variado de flores en la tienda coreana y luego las distribuía por la casa: sobre la mesa de la entrada, para que Cecilia las viera nada más llegar, en la cocina, en el salón, en su estudio, una sola rosa en un florero de cristal. Luria iba detrás de mí con una actitud de disponibilidad voluntariosa pero inútil, urgiéndome, alentándome, como supervisando cada cosa que hacía, percibiendo sin duda con su olfato y su oído las señales físicas de mi nerviosismo, contagiada de mi impaciencia, intuyendo a su manera singular que iba a suceder un cambio, una presencia recobrada, un regreso. Encendía una vela con olor a higuera del convento de Santa María Novella. La apagaba por miedo a que el olor fuera demasiado evidente. La encendía de nuevo. Dejaba abierta la ventana para que se disipara el olor. Ponía música pero no era capaz de prestar atención. Casi cualquier música me alteraba los nervios. Me sentaba junto a la ventana en el sillón de leer con un libro en la mano y no podía concentrarme en la lectura. Miraba el Weather Channel en la televisión o en el teléfono para asegurarme de que no había amenazas de tormentas o de nevadas. No encontraba conexión entre la soledad de la casa esos días y la presencia inminente de Cecilia: el tránsito entre su ausencia y su llegada era tan radical como el que ocurre entre el agua líquida y el hielo. Mientras yo pasaba la aspiradora, bebía un café, escuchaba distraído la radio pública, miraba por la ventana de la cocina hacia los ladrillos ennegrecidos del patio interior; mientras yo mantenía las ventanas abiertas a pesar del frío para asegurarme de que no había ni un rastro de olor a cerrado o a suciedad o a comida en la casa; mientras yo paseaba a media tarde a Luria por Riverside Park: en cada uno de esos momentos aislados entre sí, unidos en una secuencia tan rápida como la que otorga la ilusión del movimiento a los fotogramas de una película, Cecilia volaba a diez mil metros de altura sobre el Atlántico, y cuando apartaba los ojos del libro o del portátil en el que seguía trabajando, veía la tarde luminosa que se mantenía inmutable a lo largo de todo el vuelo en dirección al oeste.

Poco a poco Luria y yo quedábamos igualados en la concentración, en la intensidad de nuestra espera. Aún no empezaba a anochecer y yo ya estaba apostado junto a la ventana, atento al tramo de acera al otro lado de la calle en el que aparecería el taxi de Cecilia. Luria permanecía en la alfombra, cerca siempre de mí, aunque ahora dándome la espalda, porque ella miraba hacia la puerta, una de esas puertas que en la imaginación de los perros deben de contener una culminación de lo sagrado, las altas puertas cerradas durante mucho tiempo que de pronto se abren, las puertas que son los lugares de las apariciones, como los bosques antiguos y las encrucijadas de caminos en los que se mostraban los dioses: las orejas tiesas, el hocico levantado, estremeciéndose cada vez que sonaba el ascensor o que se oían pasos en el rellano y se abría o se cerraba la puerta de un apartamento próximo. Los dos alerta, Luria y yo, inmóviles, situados en los dos puntos cruciales de vigía, mientras yo estaba tan absorto en mi espera, en la calle ya oscura en la que aparecería la mancha amarilla del taxi, que me olvidaba de encender las luces.

11

No sé en qué día vivo. Los días transcurren tan parecidos entre sí que no acierto a distinguirlos. Empezó a pasarme cuando dejé de trabajar y me vi libre del cepo de los horarios y las semanas laborales, la sombra de los domingos por la noche, la desolación de los lunes por la mañana en un vagón de metro lleno de gente, la alegría fatigada de los viernes por la tarde. Se me olvida mirar la fecha en el calendario del teléfono. En esta cocina que tiene un aire antiguo iría bien un calendario de pared pero no sé dónde comprarlo. Casi siempre tengo una idea muy vaga del día de la semana en que vivo. Ayuda que en portugués los días de la semana, salvo el sábado y el domingo, tienen nombres casi idénticos. Llama un operario de Alexis para confirmar una cita y cuando me dice que vendrá en la *segunda-feira*, o en la *quinta-feira*, tengo que esforzarme todavía en averiguar que me está hablan-

do a leer en el metro, en una sala de espera, en los minutos antes de una reunión, furtivamente, como el que da una calada rápida a un cigarrillo. Ahora los encuentro perfectamente preparados y disponibles para mí, y para Cecilia cuando llegue. Puedo identificar los que compré yo y los que compró ella, y los que nos regalamos el uno al otro, y en muchos casos hasta acordarme del lugar y la época. La mezcla asegura una variedad a salvo del tedio, como una selección de alimentos muy duraderos que preservarán sus sabores y sus cualidades nutritivas a lo largo de mucho tiempo. En caso de necesidad o de catástrofe podría pasar el resto de mi vida sin visitar una librería. Es una biblioteca como para un viaje al espacio exterior, como para una reclusión indefinida. Y sin embargo no hay en ella demasiados libros, quizás no más de trescientos, y se ha ido formando al azar a lo largo de los años de Nueva York, con más capricho y distracción que propósito. Si tengo tiempo de leerla completa habré alcanzado un conocimiento bastante completo del mundo real y de los otros mundos de la imaginación humana. Están los libros de literatura que yo le he regalado a Cecilia y los de divulgación científica que ella me ha regalado a mí, y los de historia y exploraciones y viajes que unas veces compro yo y otras ella (yo siempre más inclinado a la historia antigua y ella a la contemporánea), y los que compramos los dos y luego uno espera con impaciencia a que el otro haya terminado la lectura,

ningún orden. Leo dos o tres libros a la vez, según las horas, en distintos lugares. Leo los diarios de las navegaciones del capitán Cook por los mares del Sur. Leo una historia del terremoto de Lisboa de 1755. Leo un libro sobre los fundamentos moleculares de la memoria escrito por el jefe de Cecilia y firmado para ella con una rúbrica florida y unas palabras de elogio más halagadoras todavía por venir de un premio nobel. Los tomos más cuantiosos los reservo para el sillón anatómico. También está aquí junto a una ventana que da a la calle. En un grado de grosor descendente están los libros de leer en la cama, y los de llevar en la mochila, o en el bolsillo de la chaqueta. Los más dúctiles son los de poesía. No sabía que hubiera coleccionado tantos. Leía sobre todo poemas cuando no tenía tiempo de leer otra cosa. «*The quick fix of poetry*», dice mi amigo Dan Morrison: el subidón rápido de la poesía. Como no hago viajes ni estoy pendiente de comprar inmediatamente novedades ya no tengo necesidad de usar el Kindle. Me gusta la constancia física de la lectura. En un anaquel separado voy poniendo los libros ya leídos. Al verlos juntos perduran más en la memoria. La biblioteca a lo largo del pasillo, llena de libros pero no abrumadora, porque llega solo a la altura de los ojos, me da tanta seguridad como una alacena o un sótano con estantes bien surtidos de toda clase de víveres. Mi escena favorita en esa película, *The Shining*, es cuando el cocinero viejo le va enseñando a Shelley Duvall una por una las dependencias del almacén en el que se guardan en un orden perfecto todas las provisiones que necesitarán ella y su familia durante su aislamiento de varios meses de invierno.

Aquella mañana que parecía que se acababa el mundo Cecilia y yo bajamos al supermercado queriendo comprar cosas imprescindibles para una emergencia, por miedo a que sucediera otro ataque que lo trastocara definitivamente todo, un sabotaje que cortara los puentes y los túneles, las vías de comunicación tan frágiles de la isla, algo que nos forzara a quedarnos encerrados, a no aventurarnos a salir a la calle. Hablaban en la radio de otro avión secuestrado que no se sabía dónde estaba. Pero qué compra uno si no tiene ni idea de qué puede suceder; cómo mantiene la lucidez de saber qué es imprescindible. En la calle reinaba una extraña normalidad ralentizada, amortiguada. Desde el sur de la ciudad subía por las aceras una multitud de gente con ropas de oficina, empleados con corbatas flojas y chaquetas al hombro, intentando hablar por los teléfonos móviles. Había tanta gente caminando porque ni el metro ni los autobuses funcionaban. En el supermercado una multitud al mismo tiempo ávida y silenciosa y ordenada ya nos había tomado la delantera. Cargaban cosas en los carritos con urgencia, con método. Nada de ese tumulto de los asaltos apocalípticos a supermercados que se ven a veces en la televisión.

Cuando llegamos Cecilia y yo no había carritos disponibles, y tampoco quedaban cestas, o nosotros en nuestro aturdimiento no las encontrábamos. En cada una de las cajas había una fila de carritos rebosantes de todo. Muchos estantes estaban quedándose vacíos. La gente iba de un lado a otro con listas escritas. Las familias se repartían con destreza militar por los diferentes pasillos. Cecilia y yo íbamos de un sitio a otro eligiendo igual cosas necesarias y cosas superfluas, dejando algunas, buscando otras, los dos con nuestras caras de desconcierto y nuestras manos llenas, porque ni encontrábamos cestos ni habíamos tenido la precaución de traer mochilas o bolsas. Qué compra uno en esos momentos. Si se cortaba la electricidad no podríamos conservar comida fresca. Era inútil que tuviéramos cargadas las baterías de los teléfonos porque las redes inalámbricas habían dejado de funcionar. Apilábamos unas cosas encima de otras, nos las colgábamos al hombro, las metíamos en los bolsillos. Se nos caía algo y al inclinarnos para recogerlo se nos caía todo lo demás. En la rara quietud y en el frío polar del aire acondicionado seguían sonando las canciones pop del hilo musical. Había que comprar velas, botellas de agua, pilas, pan de molde, conservas, cerillas. Nadie hablaba en la cola. Cecilia y yo nos decíamos cosas en voz baja. Solo se oía el ruido de las máquinas registradoras y de los escáneres de los precios, y la orden única repetida sin expresión por las cajeras, como una grabación automática, *«Next»*, *«Next on line»*.

12

Qué raro haber tardado tanto en darme cuenta del ruido permanente de los aviones. Dice Cecilia que el cerebro procesa una parte muy limitada de las impresiones que le envían los sentidos; y que los sentidos mismos solo captan zonas muy parciales de la realidad, variables según la especie, de modo que en cada momento y en cada lugar existen diversos mundos simultáneos. La luz del día que ven ahora mis ojos no es la misma que ven esos vencejos volando sobre los tejados o la que ven un gato o una cucaracha. Hay a mi alrededor otros mundos invisibles para mí bañados en claridades ultravioletas o infrarrojas. Oigo apenas una milésima parte de los sonidos que percibe Luria. Ella vive conmigo en una casa de colores más apagados y formas más vagas poblada de olores vivísimos y de ruidos que si para mí son molestos para ella deben de ser estremecedores. Los aviones pasaban por encima de mí estos meses atrás cada vez que yo visitaba el barrio y subía al apartamento para comprobar los progresos del equipo de Alexis: en ningún momento me di cuenta de ese fragor que ahora no dejo de escuchar, aproximadamente una vez cada minuto, a no ser que cierre bien las ventanas de doble cristal. Incluso así, algunas veces me despierto un poco antes del amanecer, en el dormitorio con las ventanas y los postigos cerrados, y oigo el ruido atenuado pero indudable de un avión que cruza el río y emprende el descenso.

Cecilia solo podía dormir con pastillas aquellas primeras semanas, después del conato de apocalipsis, en septiembre, a principios de octubre. Cualquier ruido la ponía alerta: cuando la despertaba una sirena a las tres o a las cuatro de la madrugada, o cuando íbamos por la calle y se oía un avión o un helicóptero, uno de aquellos helicópteros que los primeros días sobrevolaban la columna de humo negro que seguía ascendiendo de las ruinas de las Torres Gemelas y desaparecían a veces dentro de ella. El metro se paraba bruscamente en un túnel entre dos estaciones, se apagaba la luz, se hacía el silencio. En la tensión unánime de los desconocidos yo tocaba el miedo de Cecilia en la palma de su mano que apretaba la mía, o sujetaba mi brazo. Yo estaba tan asustado como ella, pero vivía en un estado de irrealidad y de euforia que me protegía, o que me anestesiaba: la irrealidad de estar casi recién llegado a Nueva York y de haber encontrado a Cecilia; la euforia doble de la ciudad y del amor. Una mañana oscura de octubre iba por la calle en la zona agobiante del Midtown donde había empezado a trabajar —Lexington y la 49, las torres de oficinas, el tráfico, el taladrar incesante de las excavadoras— y al pasar junto a un escaparate vi de soslayo unas imágenes repetidas en una batería de televisores: un avión que ascendía en el cielo nublado, entre cortinas de lluvia, el fulgor rojizo de una explosión, las llamaradas del combustible incendiado. A mi alrededor la gente se paraba a mirar las pantallas. En ese momento sonó mi teléfono. Era la voz de Cecilia, angustiada y urgente, sin preámbulos. «Se ha estrellado otro avión. Ha estallado en el aire nada más despegar y se ha hundido en el mar.» Respiraba muy fuerte en el teléfono. La voz se le quebró en un sollozo como yo no le había oído nunca, en el tiempo que llevábamos juntos. En ese principio de llanto vislumbraba una fragilidad a la que tal vez yo no sabría dar consuelo. «Yo ya no aguanto más. Quiero irme de aquí. No quiero quedarme un día más.» En el pánico de la voz de Cecilia en mi oído, más débil por el estruendo de la ciudad a mi alrededor, en la amenaza pública que se hacía más visible según la gente se agolpaba y me empujaba delante de los televisores, lo que a mí me afectaba de verdad, lo que dolía íntimamente, era que Cecilia hubiera hablado en singular: el instinto de

lo para la huida, incluso una presión sobre su albedrío.

Volví a llamarla una hora más tarde, desde mi oficina. Una lluvia copiosa que avanzaba en oleadas verticales sobre los edificios oscurecía el principio de la tarde. Le dije que la CNN acababa de confirmar que la caída del avión había sido un accidente. El alivio de que no fuera otro atentado parecía reducir la desgracia de que hubieran muerto más de trescientos dominicanos que volaban hacia su país. Cecilia no acababa de creérselo. Ella misma dice que los mecanismos viscerales del miedo son mucho más poderosos que los de la racionalidad. Quizás las autoridades mentían para que no se desatara el pánico, la evacuación incontrolada y masiva de la ciudad del fin del mundo. Otro día, por las aceras de Columbus Avenue cercanas al edificio de la cadena ABC vimos camiones de alarma química pintados de blanco. La policía había cortado el tráfico y levantado vallas señaladas por luces de destellos. En las esquinas estaban apostados militares con cascos de guerra, chalecos antibalas, fusiles automáticos. Detrás de las barreras Cecilia y yo, que salíamos del Lincoln Plaza Cinema, vimos a unos hombres vestidos con trajes blancos como de astronautas, con escafandras enormes, empujando máquinas o robots de brazos articulados. Alguien había mandado por correo a las oficinas de la cadena un sobre lleno de esporas de ántrax. Cartas con polvo blanco de ántrax aparecían en lugares diversos de la ciudad: una amenaza tan letal como la de la Peste Negra, como la de las nubes de gas tóxico en las trincheras de la Gran Guerra. A la entrada del Lincoln Tunnel un tráiler había perdido los frenos y había volcado, provocando un atasco de tráfico que se convertía en sospecha y en miedo al mismo tiempo que se extendía por las calles y las avenidas del oeste, con el clamor de los cláxones y de las sirenas. Un domingo, en el mercadillo de Columbus y la 77, que ocupa el patio y la planta baja de una escuela pública, vimos a una vendedora de melena blanca y túnica hippy que subía el volumen de una radio, en un puesto de bisutería. Se oía una voz metálica que daba una noticia de última hora, con un fondo de explosiones y disparos, de motores de aviones. La vendedora de pelo blanco escuchaba la radio con los ojos llenos de lágrimas mirando al vacío. Estaban empezando los bombardeos sobre Afganistán.

Inconfesable, irresponsablemente, yo agradecía que Cecilia hubiera tenido que venirse a vivir a mi casa, que al levantarse por la mañana tuviera que ponerse una camisa mía, que tardaran tanto en autorizar el regreso a los vecinos de su edificio. El horror del mundo hacía más valioso el refugio de exaltación mutua y deseo y pura novedad en el que los dos vivíamos. La belleza de su cuerpo desnudo era irrefutable. Cada cosa que hacíamos estaba tocada por una dulzura inaugural y por un estremecimiento de incertidumbre y amenaza. Todo podía derrumbarse de golpe y convertirse en humo negro y ceniza como habíamos visto derrumbarse las torres. Habíamos burlado de noche las barreras de la policía en las bocacalles de Canal Street y nos habíamos internado en una negrura como de ciudad abandonada, respirando podredumbre y ceniza. Cuando entramos por fin en el apartamento de Cecilia alumbrándonos con una linterna era como si visitáramos una cripta cerrada durante muchos años. Tomábamos el metro de vuelta en dirección a Harlem y no decíamos nada durante todo el recorrido. Cecilia había llenado una maleta con cosas imprescindibles: libros y carpetas para su trabajo, ropa, zapatos, cosas de aseo. Al llegar a mi casa nos duchábamos para quitarnos de la piel el olor a ceniza mojada y a materia orgánica podrida. Luego nos abrazábamos en silencio y con los ojos abiertos. Era como ahogarnos juntos y aferrarnos el uno al otro para salvarnos o para sumergirnos más hondo todavía. El televisor sin volumen estaba siempre sintonizado en la CNN. Subíamos a la terraza del edificio en el piso 30 y seguíamos viendo la columna de humo ascendiendo al final de la perspectiva recta de la ciudad, contra el horizonte del sur. De noche se entreveía el rojo vívido de las llamas entre el humo negro.

13

En internet he visto cauces de ríos alemanes que se han quedado secos por el calor extremo y la falta de lluvia. Ayer cerraron el aeropuerto de Hannover porque el calor había reblandecido tanto el asfalto de las pistas que los aviones no podían despegar ni aterrizar. En el telediario el locutor decía hoy, no sin jactancia, que este verano Lisboa está siendo la capital menos calurosa de Europa. A la caída de la tarde yo espero tomando el fresco en el balcón. El sol ya ha desaparecido de la calle pero dura todavía en el torreón de una quinta cercana y en la otra orilla del Tajo, en el Cristo sobre la colina. En los días sin bruma el agua del río se vuelve muy azul a esta hora: azul metálico y oro de sol poniente, como en los atardeceres limpios del Hudson. La brisa del río mueve las copas de las palmeras y los cipreses en los jardines de las quintas, sobre las tapias muy altas, encaladas de rosa pálido, desbordadas por macizos de buganvillas. Igual que en el Hudson, algunos días la brisa trae un olor profundo de alta mar. Es ahora cuando empiezan a volar los vencejos y los murciélagos. Cuando yo era niño a los vencejos los llamábamos aviones. Entonces eran innumerables cada tarde, un alboroto de acrobacias entrecruzadas sobre los tejados, volando en círculos alrededor de las torres de las iglesias. Cuando uno de ellos chocaba con algo y caía al suelo se arrastraba penosamente con sus alas inútiles. Había niños crueles que los cazaban para atormentarlos. Había niños, me he acordado de pronto, que atrapaban murciélagos y les ponían en la boca una colilla de cigarro encendida. El murciélago chupaba con su reflejo de mamífero, soltando bocanadas de humo. Decían festivamente: «Los murciélagos fuman». He leído que una de cada ocho especies de pájaros están en peligro de extinción en el mundo. Doscientos treinta millones de aves marinas han desaparecido en el último medio siglo. He leído que en treinta años no quedarán albatros volando sobre los océanos.

Ahora no me acuerdo de si había vencejos en el cielo de Nueva York al atardecer. Había poderosos halcones cazadores que sobrevolaban Riverside Park y tenían su nido en lo más alto de la torre entre gótica y art déco de la Riverside Church. Había luciérnagas en la oscuridad de las noches de vera-

vigía que levantaban sobre sus palacios los comerciantes ricos del siglo XVIII en la bahía de Cádiz, para vislumbrar cuanto antes la llegada de sus barcos. El rey Egeo espera en el mirador de su palacio a que aparezca en el horizonte la vela blanca de la nave de su hijo Teseo. Leo sobre ánforas griegas de aceite encontradas en tumbas etruscas. A continuación cierro ese libro y me pongo a leer una historia del levantamiento de Varsovia en el verano de 1944; y esa misma noche, más tarde, o a la mañana siguiente, estoy leyendo un libro que me regaló Cecilia sobre ese hombre al que le practicaron una lobotomía temeraria y ya no pudo adquirir más recuerdos, y vivió desde entonces en un presente perpetuo en el que cada cosa le sucedía por primera y por última vez. Alzo los ojos del libro y Luria está mirándome muy fijo. A veces se acerca y me rasca con la pata. No deja de hacerlo hasta que cierro el libro y le presto verdadera atención. Tiene una mirada tan profunda y tan escrutadora como la de un retrato antiguo. El lugar que yo ocupo en el mundo de Luria nunca podré saberlo. He leído que los perros fueron domesticados por primera vez hace más de veinte mil años. Fueron domesticados o eligieron ellos la compañía humana. A diferencia de cualquier otro animal los perros han aprendido de los humanos a sostener la mirada. En las tumbas de la Edad del Bronce los guerreros yacen junto a sus caballos y a sus perros sacrificados para que les sigan acompañando

clinadas, los petroleros ingentes, los buques de contenedores. Caigo en la cuenta de que muy pocas veces hacen sonar sus sirenas. De vez en cuando oigo alguna muy profunda muy lejos, en las mañanas de niebla. Desde la terraza del museo y desde la baranda del pequeño parque que hay al lado, el sonido más cercano y constante es el de los trenes que pasan por la avenida 24 de Julio, a lo largo de las instalaciones portuarias, camino de Cascais y Estoril. Su estrépito lento de chatarra es exactamente igual al de los trenes americanos, sobre todo de noche, cuando están mucho tiempo pasando. Los oíamos así desde nuestro apartamento, y desde el Riverside Park, los trenes que salían del túnel a la altura de Harlem subiendo hacia el norte por la orilla del Hudson, los trenes del metro sobre los arcos de hierro del paso elevado de la Calle 125. Me llega el sonido por la mañana temprano, cuando empiezo a despertarme y todavía no sé dónde estoy, y me vuelvo hacia el otro lado de la cama buscando el cuerpo sosegado y cálido de Cecilia. Pero el sonido del tren a veces se filtra al sueño vívido de antes de despertar, y entonces sueño que estoy allí y no aquí, y que abrazo a Cecilia al darme la vuelta. Los golpes rítmicos del tren atenuados por la lejanía suscitan imágenes antiguas asociadas a ellos. Barcazas cargadas de arena o de materiales de construcción que remontan el Hudson hacen sonar largamente sus sirenas de niebla. Abro los ojos en la penumbra clareada por la primera luz del día y estoy allí de nuevo, todavía, hasta que poco a poco la lucidez creciente trae consigo la incertidumbre. Estoy allí y estoy aquí al mismo tiempo. Ahora es entonces y también es ahora mismo. Me deslizo en la cama hasta encontrar la espalda de Cecilia y me abrazo a ella. Ajusto mis rodillas flexionadas al hueco exacto de las suyas, el engarce perfeccionado por un hábito de muchos años. Están los números rojizos del despertador en la mesa de noche, las dos ventanas de las que viene la claridad, el color azul claro de las paredes, las molduras blancas en el techo, el tocador de Cecilia. El pasado y el sueño se disipan de golpe y al principio no sé por qué es. El conocimiento es mucho más rápido que la consciencia, dice Cecilia. La rapidez necesaria para sobrevivir a los depredadores exige respuestas automáticas. Me incorporo en la almohada. Me extraña no ver el espejo de luna en la puerta central del armario, justo enfrente de mí. Unas veces la ausencia del espejo es el síntoma que delata el malentendido, como en un sueño hasta entonces tan verosímil que parecía la simple realidad. Otras veces, de madrugada, cuando aún no han empezado a pasar los aviones, es el silencio, que en Nueva York nunca era tan profundo.

15

Por la mañana hubo ya alertas en la televisión y en la radio sobre la ola de calor que por fin está llegando desde el centro y el norte de Europa. Vibró el teléfono con la señal de un mensaje y era un aviso del gobierno portugués sobre el peligro máximo de incendios en todo el país. Los bosques siguen ardiendo en California, en Siberia, al norte del Círculo Polar. En Kolkata o Calcuta un vertedero gigante de basura arde y envenena el aire de toda la ciudad en días en que las temperaturas no bajan de los cincuenta grados. Los bomberos riegan con mangueras de agua a presión callejones irrespirables de Seúl. El agua asciende del asfalto convertida instantáneamente en vapor. Las vacas se mueren de sed en los valles de montaña en Suiza. Como se han secado lagunas y estanques, el agua de beber se la traen en helicópteros. Yo miro la televisión en la penumbra, protegido por los postigos casi cerrados de los balcones, por la corriente tenue que circula de un lado a otro de la casa, del rastro de frescor matinal que aún queda en la cocina, a través del pasillo, hacia la zona delantera más expuesta al sol. Noto el calor extremo en la tonalidad que ha adquirido el cielo. Es un blanco sucio como de leche aguada y agria, un fulgor que se vuelve bruma en la distancia, una bruma que borra el río y el horizonte al final de la calle. De ella emergen los aviones que siguen llegando al mismo ritmo de todos los días, reluciendo al sol como lingotes candentes de metal, emitiendo toneladas de dióxido de carbono que atrapan el calor y se añaden a la bruma.

No necesito aire acondicionado. Los muros de la casa son recios, los techos altos, la orientación esteoeste, de modo que no recibe directamente el sol del mediodía. Luria respira con la lengua fuera a mi lado. Le di un paseo por la mañana temprano y no la volveré a sacar hasta que sea de noche. Tengo los víveres necesarios y no me hará falta salir para nada a la calle. Hay agua fría suficiente en la nevera. Las botellas de cerveza y la de vino blanco tienen perlas de humedad helada que despiertan la sed. Durante toda la noche ha estado ardiendo una planta de reciclaje de papel que está muy cerca del aeropuerto. El rojo del incendio en el horizonte, contra el cielo negro, es el mismo en las imágenes de las afueras de Lisboa que en las de los bosques devastados de California, o en los de Siberia. El calor agranda el silencio de la calle. Junto a las aceras arden las chapas y los cristales de los coches aparcados. Nadie se asoma a ninguna ventana. Los postigos de todos los balcones están entornados. La silueta del Cristo se esfuma en la bruma amazónica que sube del río. No hay más brisa que la que circula cada vez más débil en el interior de la casa. Luria se ha tumbado sabiamente justo en el mejor sitio para recibirla. Los turistas se estarán asando en la gran sartén sin sombras de la Praça do Comércio. La piedra blanca irradia una claridad cegadora y un calor de horno de cal.

Hasta hoy no me he dado cuenta de la otra diferencia entre este dormitorio y el otro, aparte del espejo. En este no hay un ventilador en el techo. En el de Nueva York nos acostábamos después de comer en el sopor de las tardes ardientes, con las persianas bajadas, las palas del ventilador girando despacio en el techo. Nos sumergíamos en un letargo anfibio entre el sueño y el deseo. Mojados de sudor nos adheríamos y nos parecía que nos estábamos disolviendo el uno en el otro. Nos desprendíamos luego en la dulzura y el cansancio y el aire del ventilador nos oreaba la piel, una brisa artificial y repetida, con algo de caricia. A la caída de la noche bajábamos a Riverside Park en busca de la otra brisa respirable del río y a ver las luciérnagas iluminando la oscuridad. Luria saltaba entre los arbustos queriendo cazarlas, provocando remolinos de puntos verdes de luz que se concentraban en fulgores fríos o se disipaban como polvo. Pero si Luria venía con nosotros procurábamos no dejarla correr ni revolcarse por la hierba para que no la invadieran las garrapatas. «Hay especies que proliferan con el cambio climático y especies que declinan muy rápido y se extinguen —dijo Cecilia—: cada vez más garrapatas, cada vez menos luciérnagas.» Yo no recordaba haberlas visto desde las noches de la infancia. Ahora su brillo se añadía a la presencia de Cecilia y a la voz clara y tranquila con que me explicaba las cosas para que ese paseo nocturno fuera a la vez cotidiano y memorable. Me enseñó a distinguir entre el parpadeo inmóvil de las hembras en el suelo y las cintas rápidas de luz de los machos en el aire: la intensidad del brillo, la rapidez del vuelo, la agilidad de las piruetas eran indicios de un buen patrimonio genético. Desde el suelo una hembra enviaba señales telegráficas al macho elegido. Pero cada especie de luciérnaga tiene una pulsación luminosa distinta. «Algunas hembras hacen trampa —dijo Cecilia—. Aprenden a imitar las señales de otra especie y las usan para llamar a un macho y atraerlo. Y cuando lo tienen cerca y seducido y dispuesto para el amor, lo devoran.» Se apretó contra mí y me dio un mordisco suave en el cuello. Luria saltaba mareada entre el torbellino de luciérnagas y daba dentelladas inútiles en el aire. En la noche caliente, en la bruma ve-

16

La terraza de la cocina, siendo tan pequeña, puede ser también un huerto, un mirador, una torre vigía. Como da a jardines interiores y a partes traseras de viviendas con balcones corridos permite una visión de intimidad vecinal: un hombre sale a tender la ropa o a fumar un cigarrillo, una mujer abre una sombrilla de playa y pone debajo un barreño de plástico en el que luego chapotea un niño, una anciana riega muy lentamente una maceta con una regadera de latón, dos escandinavos evidentes y muy parecidos entre sí toman el sol en bañadores mínimos, la piel muy bronceada y brillante de aceite, las cabezas afeitadas, las gafas de sol, los tatuajes en los brazos, hasta las muñecas. Dejo abiertas de par en par las dos hojas de la puerta y la cocina entera queda iluminada por una claridad fresca de zaguán que da a un jardín o a un huerto. El suelo de tablas inseguras agranda la sensación de cubierta de barco. En la terraza había cuando llegué una mesa metálica herrumbrosa y con la pintura desconchada, entre otros objetos inútiles que llevarían allí mucho tiempo. Los operarios de Alexis lo despejaron todo. El propio Alexis, en su encarnación de pintor, lijó bien la mesa y la pintó luego de un azul mahón luminoso, y ahora parece una mesa para cenar al fresco en una casa de campo.

He discutido con él grandes proyectos para la terraza. Traerá tiestos y cajones de madera de diversos tamaños, que alinearé en el suelo y colgaré de la pared para conseguir un máximo de terreno de cultivo. Alexis tiene entre su red de contactos un amigo o colega especializado en huertos urbanos. Cecilia es más sensible que yo a los animales, a todos, hasta los más raros, los que a cualquiera le parecen más repulsivos. Se pasó años estudiando a la babosa gigante *Aplysia*, que tiene las neuronas más grandes del reino animal después del calamar. Otra prueba de que yo soy menos sociable que ella es que las plantas me atraen más que los animales, a excepción de Luria. Cecilia prefiere los retratos y yo los paisajes, y siente menos interés que yo por la pintura no figurativa y por la música en la que no hay canto. Dice que en literatura lo que más le gusta es la prosa de Darwin y, en arte, los dibujos de neuronas de Ramón y Cajal.

Plantaré tomates, cebollas, pimientos, patatas, pepinos, berenjenas, perejil, albahaca. Los tallos largos y las hojas grandes de las matas de pepino colgarán como guirnaldas de los tendederos. La terraza, orientada al sudoeste, tiene una exposición equilibrada al sol y a la sombra. Le preguntaré al amigo de Alexis si queda sitio para plantar una parra. La sombra de una parra a la entrada de una casa de campo es la felicidad. Mi padre se quejaba siempre de que las parras atraen a las avispas. Nos sentaremos en la terraza en los anocheceres y yo haré para Cecilia en una fuente de cerámica portuguesa una ensalada de tomates, cebolla y pimiento recién arrancados de la mata y lavados bajo el agua del grifo. Se hará de noche y nosotros habremos terminado de cenar, pero seguiremos charlando perezosamente, alumbrados como en un jardín de verano por la luz que entra de la cocina, bebiendo una última o penúltima copa de vino. Tengo que comprar un cubo para poner en hielo el vino blanco, para que se mantenga deliciosamente frío mientras nosotros conversamos y vamos apurando despacio la botella. Lástima que no dejen de pasar los aviones. Pero uno se acostumbra, y en realidad no hacen tanto ruido. En Nueva York se hizo un gran silencio la tarde del 11 de septiembre porque quedó suspendido el tráfico aéreo. Fue como el silencio que se nota de golpe cuando se detiene el motor del frigorífico: es el silencio y es la sensación de no oír un ruido constante que te afectaba aunque tú no fueras consciente. Ese día, en los barrios de la ciudad alejados de la Zona Cero, se hizo un silencio sobrecogido, como de noche de gran nevada. De pronto no había aviones volando en el cielo de Nueva York. Fue en ese silencio en el que estallaron como truenos brutales los motores de los cazas de guerra volando muy bajo, proyectando sus siluetas nítidas contra el pavimento y las fachadas de los edificios. Íbamos hacia el supermercado y Cecilia se refugió bajo una marquesina, la espalda contra la pared, tapándose la cara y los oídos. Temblaba como contagiada de la vibración que provocaban los aviones tan próximos. Nadie podía estar seguro de que no estuviera empezando un nuevo ataque. Unos idiotas sacaron una bandera en medio de la calle y la ondeaban como saludando a los pilotos de los cazas, agitando los brazos, gritando a coro como hooligans: «USA, USA, USA».

El apartamento donde Cecilia se había quedado conmigo unas cuantas noches ahora se convertía en su casa, con alegría inconfesable para mí. No podía ir al suyo porque no funcionaban ni el metro ni los autobuses ni circulaban taxis libres. Tardaría varias horas en bajar caminando en dirección contraria a la de la gente a la que veíamos subir por las aceras, con un movimiento unánime de migración o de huida, muchos de ellos todavía cubiertos de polvo, con expresiones alucinadas, marcando números de teléfono que no respondían. Y aunque Cecilia hubiera podido bajar hasta su casa en aquella zona confusa entre Chinatown y Tribeca, no se sabía el grado de destrucción que le habría alcanzado, tan cerca del derrumbe y la deflagración de ruina y de fuego que se repetía hipnóticamente a cada minuto en la televisión. Se repetía todo con exactitud y cada vez, en lugar de habituarnos, se nos volvía más increíble. En la radio advertían que estaba cortado el acceso al sur de la Calle 14. Cecilia no podía ni llegar a su laboratorio en Washington Square. De la noche a la mañana los lugares de su trabajo y de su vida se le habían vuelto inaccesibles. En ese momento podía haberlo perdido todo, su casa, su ropa, los archivos de sus investigaciones, sus documentos, su pasaporte. Llamaba por teléfono a su compañera de piso o al laboratorio y los números comunicaban. Llamaba a la vecina del apartamento de al lado pero el teléfono sonaba una y otra vez y nadie respondía. El sonido de las voces urgentes en el televisor se mezclaba con las sirenas discordantes de ambulancias, camiones de bomberos, coches de policía. Al cabo de un rato los teléfonos móviles ya no funcionaban. Al menos Cecilia había traído su portátil a mi casa. Unas noches antes, sin que ella me viera, yo la había observado desde el umbral, tecleando absorta en la mesa baja del salón. Me gustaba que su presencia hubiera adquirido tan pronto y tan impremeditadamente un aire de naturalidad doméstica. Era la noche del domingo, el 9 de septiembre, no había tristeza anticipada de lunes porque al día siguiente era Labor Day, la fiesta plácida del final del verano, del ritmo más perezoso de agosto. Después de cenar subimos a la terraza del edificio, diecisiete pisos más arriba. Había plantas de jardín, tumbonas, sombrillas de piscina. Las líneas rectas iluminadas de las avenidas, atravesadas por la diagonal de Broadway, se extendían ilimitadamente hacia el extremo sur de la isla, al costado del río. Los faros rojos de freno de los coches atascados en la West Side Highway formaban en la distancia y en la oscuridad como un largo río de lava. Era una de las primeras noches frescas después de un agosto de mucho calor. Hacia el norte y el este las extensiones de Harlem y el Bronx, con su topografía más abrupta, parecían cadenas sucesivas de acantilados llenos de puntos luminosos. En el puente George Washington los faros del tráfico completaban los contornos geométricos de las luces en los pilares y los arcos, una limpia silueta dibujada en la noche, contra el fondo del río y del cielo. A nuestros pies, delimitada por la autopista y el río, estaba la mancha oscura del Riverside Park, punteada de luces amarillentas de farolas que nos recordaban las luciérnagas de las noches tropicales de julio. En el reloj de la torre de la Riverside Church, con su altura de rascacielos gótico, sonaban los golpes largos y solemnes de las campanadas de las horas. Veíamos venir los aviones volando muy alto desde el mar, las luces intermitentes palpitando en el cielo azul oscuro. Muy al fondo, hacia el sur, las dos torres idénticas, recortadas por una claridad muy blanca, coronadas por los pilotos rojos de las luces de posición, solo tenían algo de belleza gracias a la distancia.

Estábamos acodados en el pretil de la terraza, disfrutando de una brisa marítima que le apartaba a Cecilia el pelo de la cara. Se me ocurrió una teoría. Se la fui contando a Cecilia según la inventaba, animado por la copa de vino ilícita que estábamos tomando, en contra de las normas implacables sobre el consumo de alcohol en la terraza, impartidas en un cartel bien visible por la comunidad de propietarios. Mi teoría era que la belleza es en gran medida un espejismo, un efecto secundario de la lejanía, en el espacio y también en el tiempo: vistas de cerca, las Torres Gemelas eran una vulgaridad para turistas y para souvenirs de plástico y hasta de metacrilato; en el pasado siempre parece que hay más belleza que en el presente. El puente George Washington, si estuviéramos circulando por él, sería sobre todo un gran atasco de tráfico, un río de metal y de ruido emitiendo dióxido de carbono las veinticuatro horas del día. Solo de lejos es delicado y simple como un dibujo japonés, sobre todo si hay un poco de niebla. Le dije: «la belleza es un efecto óptico». Cecilia me miró sonriendo, a la luz escasa de la terraza, con el brillo del vino blanco en los labios y en los ojos, como una refutación inapelable en su cercanía de lo que yo acababa de decir. «No hay nada que no sea un efecto óptico. Lo que tú ves no es nunca el mundo tal como es, ni de cerca ni de lejos. Ves un simulacro construido por tu cerebro a partir de un número reducido de impresiones visuales. El cerebro está encerrado en la oscuridad en su cueva de hueso. Recibe datos del nervio óptico convertidos en impulsos eléctricos y los interpreta contrastándolos con modelos anteriores que tiene archivados. Todo lo que ves es un espejismo.»

Agradecí ese espejismo con todo mi corazón. Agradecí que mi retina estuviera adaptada a captar en forma de luz una franja muy estrecha de radiación electromagnética, gracias a la cual veía las formas seductoras de la cara de Cecilia, y que los impulsos sonoros transmitidos por el oído interno formaran en una región particular de mi cerebro el sonido preciso de su voz. Me gustaba aprender esas cosas de ella. La belleza estaba desde luego en las lejanías, pero más aún en lo muy próximo, en el espacio íntimo en que la mirada se complementa con el olfato y el tacto, con el gusto en la boca de la saliva y el vino. El momento presente tenía un fulgor contra el que empalidecía cualquier recuerdo. Cecilia me hablaba de la belleza infalible de las formas orgánicas, de las simetrías y las armonías espontáneas de la naturaleza: los nervios y el contorno de una hoja, las raíces de un árbol y las neuronas con sus cabelleras de dendritas, la doble hélice del ADN. Formas de belleza invisible las distinguía ella nada más adherir un ojo a la lente del microscopio. Una preparación de tejido neuronal hecha por Ramón y Cajal hace más de un siglo conservaba una belleza que podía medirse con cualquier cuadro moderno del MoMA, y además era una imagen precisa de lo real. Las conversaciones con Cecilia formaban una secuencia continua con las caminatas, las copas de vino, la irrupción del deseo, la curiosidad sobre la vida del otro. Yo quería aprenderlo todo sobre su vida y también aprender todo lo que ella sabía, o lo que ella quisiera enseñarme con su luminosa capacidad de explicar. Si algún vecino del edificio aparecía en la terraza teníamos preparado el bolso ancho de Cecilia para disimular la botella de vino y las copas. El sol último había iluminado como láminas de oro y luego de cobre las caras de las Torres Gemelas que daban al oeste. En los días de niebla o de mucha lluvia desaparecían por completo en el horizonte. Unos días después las vimos desmoronarse como torres colosales de arena. Al poco tiempo, solo unos meses, la mirada, el cerebro, ya se había acostumbrado a no distinguirlas en el perfil de la ciudad, ya no las echaba de menos.

17

Debería poner fecha a las cosas que apunto pero me da pereza, o se me olvida. Busco la hoja suelta en la que he anotado algo para estar seguro de que no me olvido y ya no la encuentro. Me acuerdo bien de las cosas pero no siempre del orden en el que han sucedido. Quizás eso está relacionado con la gran relajación de no tener que trabajar. Toda mi vida he estado cautivo de las fechas, de las horas, los calendarios punteados de días límite y de horas y minutos de citas. De niño en la escuela no me costaba nada destacar sabiéndome de memoria todas las fechas posibles. Cecilia dice que yo soy el depositario de la cronología de su vida; que me parezco a aquel paciente del doctor A. R. Luria que no lograba olvidar ni un solo detalle de su vida. Me pregunta cuándo hicimos algo, cuándo estuvimos juntos en alguna ciudad, cuándo viajó ella a un congreso en Japón o en Finlandia: yo le digo el año y hasta el mes exacto sin ninguna dificultad. Tengo la cabeza llena de nuestros aniversarios. Ahora me he relajado y no sé en qué día vivo.

Eso me pasa por ser un jubilado. Pienso la palabra, ni siquiera la digo, y me da un escalofrío. Ser un jubilado es ser viejo. Bien es verdad que puedo decir que en mi caso podría hablarse de una jubilación anticipada. Pero la palabra es demoledora. Más digna sería retirado, «*retired*». O, mejor todavía, como se dice en portugués, «*reformado*». Ser *reformado* es menos ignominioso que ser jubilado. Mi padre dejó de trabajar y cayó de golpe en un abatimiento hosco y callado. Él que había madrugado cada día de su vida desde los ocho años se levantaba tarde y se pasaba la mañana mirando en la televisión programas de salud para viejos. Salía de casa y tardaba en volver porque se había perdido. Pensábamos que tendría un comienzo de alzhéimer. Lo llevamos a un neurólogo al que conocía Cecilia, un médico humanista que le hizo muchas preguntas sobre su vida y le recetó que escribiera un diario. A mi padre nadie le había pedido nunca que le contara su vida. Escribió el diario en octavillas sueltas, en libretas de escuela, con una letra torpe y cuidadosa, con muchas faltas, con esmeros floridos de caligrafía, recuerdos del tiempo breve que había pasado en la escuela hacia mediados de los años treinta. En su diario no había pensamientos ni fechas, solo un registro de hechos objetivos.

Yo solo estoy seguro del día de la semana en que vivo cuando viene Cándida, los martes, *terça-feira*. Siempre me toma por sorpresa. Oigo que se abre la puerta y no sé quién puede ser. No tengo costumbre de oír ese sonido. Luria sale disparada a recibir a Cándida. Ella la reconoce antes que yo. Luria siente por Cándida una admiración ilimitada. También agradecerá la novedad de su presencia, después de tanta quietud en esta casa. Supe que era lunes porque Cándida me mandó un mensaje avisándome de que al día siguiente no podría venir. Me dijo que vendría el viernes. Me olvidé por completo y el viernes también me tomó por sorpresa su aparición. Sin que yo le preguntara me explicó la causa de su ausencia del martes. Había ido a visitar un gato. El gato había pertenecido a un escritor extranjero para el que Cándida trabajó muchos años. Cuando el escritor se ausentaba en uno de sus viajes literarios, Cándida se ocupaba de ir todos los días a ponerle la comida al gato y hacerle compañía. El escritor tenía además un bonsái y Cándida también lo cuidaba en su ausencia. El gato y el bonsái eran las dos cosas que más le importaban al escritor en su vida solitaria. Cándida se entendía con los dos por igual. Cándida me dice que cuidar el bonsái de *o senhor Armando* requería tanta atención y tanto mimo como cuidar al gato. El bonsái es enorme, dice Cándida, con el plumero en la mano, señalando la altura de su pecho. El gato también tiene un tamaño desmedido para su especie. «Así de grande», dice Cándida, modelando el espacio con las dos manos abiertas delante de sí, con una expresión de asombro ante la desmesura. Se llama Amadís. «Es un gato de la India», dice, y los ojos se le agrandan de admiración, y luego adquieren una expresión de intriga, de alarma. «*Um gato-tigre.*» Tiene los ojos amarillos igual que esos tigres de los documentales de la selva, y parece que Cándida está viendo aparecer uno de ellos detrás de mí, al fondo del pasillo, y que está a punto de atacarme por la espalda. «Se llama así porque tiene un gen de tigre.» Cándida alza delante de mí el dedo índice de la mano derecha, un ejemplo aritmético simple y a la vez una advertencia. «Un gen de tigre. Mas uno solo.»

Con ese gen le basta al gato para entigrecerse. «Pero es muy manso», dice, muy bueno, y ella se da cuenta de que no se sobrepone a la tristeza por la ausencia de su amo, que murió el año pasado, lejos de Lisboa y de su gato y su bonsái, de un ataque al corazón, en el desconsuelo de un aeropuerto internacional, en una sala de tránsitos. El señor Armando le dejó en herencia el gato-tigre y el enorme bonsái a una amiga suya, la señora Marcela, pero le pidió por escrito, «de su puño y letra», dice Cándida con gran dramatismo, que cada vez que se marchara de viaje le encargara a Cándida y a nadie más el cuidado de los dos. Pero la señora Marcela, aparte de viajar con frecuencia, trabaja mucho, y cuando está en Lisboa se va de casa por la mañana temprano y vuelve por la noche. Hay días que Cándida siente una inquietud, me dice, de nuevo con una sospecha de prodigio en los ojos muy abiertos, una palpitación, y se pone la mano en el costado, como si el gato Amadís se comunicara con ella, «telepáticamente», dice, pronunciando con mucha deliberación cada sílaba. Entonces, aunque ese día no le toque limpiar en casa de la señora Marcela, Cándida atraviesa la ciudad de una parte a otra para visitar al gato Amadís, «O Amadís», y quedarse un rato haciéndole compañía, y de paso cuidar al bonsái, que también parece mustio ahora y debe de sentirse solo, «porque las plantas, aunque no lo parezca, sienten la soledad —dice dilatando una vez más los ojos como ante la magnitud de un misterio—, *mesmo como os animais e as pessoas*».

Es abrir la puerta de la casa de la señora Marcela y O Amadís ya está esperándola. Cándida lleva en el bolso alguna golosina gatuna que sabe que le gusta y un cepillo especial para peinar el pelo suntuoso del gato-tigre Amadís. Comprueba que tiene agua limpia y comida, le cambia la arena. La señora Marcela anda siempre muy ocupada y se olvida a veces de esas cosas. El gato Amadís se sienta en su regazo

y ronronea sin moverse mientras Cándida lo aci-
cala y lo acaricia y le dice cosas en voz baja, le canta nanas como las que le cantaba a su hijo cuando
era pequeño. Antes O Amadís solo permitía que lo
abrazaran el señor Armando y Cándida. Desde que
el señor Armando murió Cándida es el único ser
humano al que Amadís se acerca y se le sube en
el regazo, y se queda en él enroscado, sin moverse,
adormecido, apaciguado, su corazón poderoso palpitando despacio bajo la capa espesa de pelo de tigre de la India. Luego Cándida se ocupa con igual
mimo del bonsái y Amadís observa cada movimiento, con sus ojos amarillos, fieros y tristes. En el salón
impoluto de la señora Marcela, en el que no hace
falta casi limpiar porque no hay ni una mota de polvo y nada está nunca fuera de su sitio, en gran parte porque la señora Marcela hace muy poca vida
en él, Cándida termina su trabajo con el bonsái y se
queda un rato sentada en el sofá. Entonces Amadís
se sienta en un sillón frente a ella, mirándola fijo.
Es como una visita formal, me imagino, una visita
de pésame antiguo, de luto y de tedio, muy larga, de
silencios interrumpidos por suspiros, por rememo-
raciones en voz baja del difunto. Cándida le cuenta
al gato Amadís cosas que recuerda del señor Armando, tan bueno, tan generoso, tan solitario, fal-
to del afecto de unos hijos que estaban en otro país
y no le hacían mucho caso, sin más familia verdadera que el bonsái y el gato Amadís, y también la
propia Cándida, a la que le dejó un pequeño lega-

do en su testamento. Amadís se yergue en el sillón y sus ojos se dilatan al oír el nombre de su dueño difunto, agrandados como por la visión de su alma en pena. «*O senhor Armando, o senhor Armando. Lembras-te dele, Amadís?*»

Cándida me mira inmóvil en la cocina, todavía con el plumero en la mano, olvidada de él, y yo creo que hasta de la tarea que ha venido a hacer aquí, y me habla en el tono que debe de considerar adecuado para dirigirse a los gatos, y quizás también a los bonsáis, no muy distinto del que debe emplearse con los extranjeros: despacio, mirando fijo, alto, separando muy bien las palabras, articulando cada sílaba. Están los dos sentados el uno frente al otro, Cándida y Amadís, a media mañana, en el salón aséptico, con las cortinas echadas, de espaldas al rumor de la ciudad que viene de la calle, los dos y el bonsái, y la presencia espectral del señor Armando, invocada por la repetición de su nombre. Y Cándida, con su cara de aflicción, con las rodillas juntas, como en una visita de pésame, se muere de congoja mirando los ojos tristes de Amadís, que vive en casa de la señora Marcela, «con todas las comodidades», de eso no hay duda, pero que no se cura de la pesadumbre por haber perdido al señor Armando, y de quedarse tan solo cuando Cándida mira furtivamente el reloj y comprende que tiene que irse si quiere llegar a tiempo a su próximo trabajo. «No tiene en el mundo a nadie más que a mí.»

18

Me gusta pasear la mirada por los lomos de los libros en la biblioteca. Es una manera de recapitular todo lo que hay en ellos, todo lo que ya he leído y lo que me falta por leer, y lo que leeré de nuevo según me vaya apeteciendo, en esta isla confortable a la que nos hemos retirado. En *La isla misteriosa*, los náufragos que llevan ya varios años en ella descubren una mañana en la playa un cofre arrastrado por la marea en el que encuentran una biblioteca sucinta de obras maestras. El almirante Byrd llevó consigo a su cabaña en la Antártida una caja de libros, un gramófono y una colección de discos. Oía rugir sobre su cabeza una tormenta de nieve en la noche perpetua y leía a la luz de una lámpara de petróleo. Yo tiendo al desorden y a la acumulación: Cecilia ha mantenido siempre una vigilancia exigente para que los libros no proliferen sin control y lo invadan todo. La mudanza fue la oportunidad para una depuración rigurosa; un ejercicio práctico de despojamiento. La biblioteca se hace igual con lo que se elige como con lo que queda descartado. Vendí en Strand varias cajas de libros, aunque el esfuerzo de transportarlos y el precio del taxi anularon cualquier beneficio de la venta. Regalé muchos de los mejor editados a los vendedores de los puestos callejeros de Broadway a los que Cecilia y yo habíamos comprado tantos libros a lo largo de los años, caprichos inesperados descubiertos al azar, obras maestras en estado impecable por cinco o diez dólares.

Esos puestos de libros en las aceras de la ciudad sí los echo de menos. Había uno magnífico en Columbus Avenue, justo a espaldas del Museo de Historia Natural. Cecilia y yo pasábamos por allí camino del museo, o del brunch de los domingos en el Ocean Grill, después del cual visitábamos el mercadillo en el patio y en los bajos de la escuela pública de la Calle 77. El vendedor, Ben, un hombre de cara enjuta y morena, ojos muy claros, gorra de béisbol, sonrisa afable, instalaba su puesto en cuanto empezaban los primeros signos del buen tiempo, los primeros días templados de sol, todavía con los árboles sin hojas en el parque del museo, días de tregua y esperanza frágil del final del invierno, que tantas veces cancelaba una nevada a destiempo, una racha de lluvias heladas y hostiles, desbaratadas por el viento que abatía las flores tempranas de los almendros y los cerezos. El puesto de Ben era como el resumen de una librería anticuada, muy bien surtida y muy sólida, con ediciones intactas de la Modern Library de los años cuarenta y cincuenta, libros de fotos de jazz, álbumes infantiles ilustrados. Algunos de los vendedores de la calle parecen indigentes, y a veces misántropos un poco trastornados, buhoneros ásperos que viven a la intemperie. Ben tenía siempre una presencia impecable, la ropa de abrigo usada pero limpia, la barba cuidada, las manos rudas pero muy sensitivas cuando tocaban los libros. Algunos de los mejores que ahora tenemos aquí se los compramos a él, regalos del uno para el otro, hallazgos que despertaban nuestra curiosidad simultánea. Aquí están los lomos de tapa dura como caras de amigos leales, las presencias que abarcan nuestras dos vidas y nuestros dos lugares, los dos tiempos, entonces y ahora, la educación que no tuve cuando debía y que ahora puedo darme por fin, lo que no leí nunca y lo que leí hace tanto tiempo y tan distraídamente que no me dejó huella ninguna: Melville, Faulkner, Conrad, los varones solemnes, Chéjov y Henry James, los preferidos de Cecilia, y las mujeres bravías, Dickinson, Woolf, Carson McCullers, Flannery O'Connor, el volumen de sus cuentos dedicado por mí con la fecha del cumpleaños de Cecilia, una edición de *Lolita* de los primeros sesenta que ella me regaló en uno de los míos. Saco un libro de la es-

19

El fin del mundo es un hecho frecuente. En cualquier parte puede estar sucediendo ahora mismo un Apocalipsis. En las selvas tropicales de América millones de ranas amarillas han sucumbido en poco tiempo a un hongo letal que se difunde tan rápidamente como la viruela europea que arrasaba a las poblaciones indígenas en el siglo XVII. Un hongo que les mancha los hocicos como un polvo blanco está acabando con los murciélagos de América del Norte y ha empezado a extenderse ahora por Europa. En el cielo de los atardeceres de Lisboa los murciélagos son todavía menos numerosos que los vencejos. Pongo de noche la televisión con Luria a mi lado y leo el periódico en internet y enseguida aparecen las noticias sobre el fin del mundo. Las aguas ascienden como en el diluvio del Génesis. El huracán Florence y el tifón Mangkhut provocan diluvios universales simultáneos en el sur de Estados Unidos y en Filipinas. Desvelado, a las dos de la mañana, en el gran silencio que llega después de medianoche, cuando han dejado de pasar los aviones, veo un documental sobre un país diminuto que ocupa un grupo de islas en el Pacífico y que ya ha empezado a desaparecer por la subida del nivel del mar. El presidente lleva años recorriendo el mundo para llamar la atención sobre el desastre y pedir ayuda. Olas tremendas se alzan sobre la tierra llana y las cabañas con techos de paja sostenidas por pilotes de madera.

Unos minutos después del terremoto de Lisboa, una ola de seis metros fue creciendo delante de la ciudad en ruinas y se abatió sobre ella levantando y arrastrando consigo los galeones anclados en el río. La tierra había temblado durante siete u ocho minutos enteros. Los edificios oscilaban de un lado a otro antes de derrumbarse, como mástiles de navíos en una tormenta. El polvo y luego el humo de los incendios extinguieron la luz del sol. Un momento antes de que llegara la gran ola que iba a arrasarlo todo, la marea bajó tanto que podía verse el lecho cenagoso del Tajo. Después del temblor de tierra y del tsunami vino el gran incendio, provocado por los fuegos de las casas y las velas encendidas en las iglesias que se hundían. La gente iba de un lado a otro convencida de que había llegado el Juicio Final. Hombres y mujeres andaban como espectros entre las ruinas esgrimiendo crucifijos e imágenes de santos. La tierra empezaba de nuevo a temblar y ellos caían de rodillas, clamando misericordia, rezando y cantando himnos piadosos.

He leído que a esta parte de la ciudad no llegó la destrucción. La vida continuaría con la misma extraña normalidad que seguía habiendo en nuestro barrio de Manhattan la mañana y la tarde del 11 de septiembre. Mientras los alemanes incendiaban y demolían el gueto de Varsovia después de exterminar a los últimos resistentes, los tranvías circulaban y la gente leía el periódico en los cafés en otras zonas de la ciudad. Mi amigo Dan Morrison se sabe de memoria todas las profecías apocalípticas de la Biblia porque se crio en una familia de fundamentalistas cristianos en el Sur. Su padre lo expulsó de casa con una maldición de patriarca cruel del Antiguo Testamento cuando se enteró de que su hijo primogénito era homosexual. Dan se fue a Nueva York y vivió durante unos años una jubilosa libertad sin culpa hasta que la gran plaga del sida llegó como un cumplimiento vengativo del Juicio Final que estaba siempre vaticinando su padre. Nos lo dijo un día, a Cecilia y a mí, almorzando en La Flor de Mayo, el peruano de la Calle 100, delante del ventanal que da a Broadway. Veinticinco años atrás había muerto en sus brazos su gran amor nunca olvidado. Seguía llevando, anticuadamente, su foto en la cartera. La lleva todavía: un hombre joven, moreno, con la camisa abierta, con el color de las fotos de entonces. «Era como estar viviendo el fin del mundo. Lo llamaban *The Plague*. Era como la Peste Negra del siglo XIV, repetida en el Nueva York de los años ochenta. A la gente le salían llagas y pústulas por todo el cuerpo y se iban muriendo sin remedio. En el púlpito de la iglesia de mis padres decían que era el castigo divino por la fornicación. Disfrutaban repitiendo esos versículos terribles de la Biblia.» Dan Morrison me escribe y dice que nos echa de menos. Dice que va a venir a Europa y que no nos libraremos de que nos visite en Lisboa.

Después de haber viajado tanto en mi vida ahora me he vuelto sedentario. No me apetece nada salir de la ciudad. Ni siquiera he cruzado al otro lado del río en el ferry. En los días de mucho calor he tenido una excusa perfecta para quedarme en el apartamento. Y cuando salgo casi nunca me alejo del barrio, que tiene algo de aldea recogida, de mundo completo, íntimo y a la vez abierto a la amplitud del río, a la zona de los muelles donde atracan los veleros y los buques de contenedores. Los pilares de arranque del puente se levantan por encima de las cuestas del barrio. El centro de la ciudad y las multitudes de turistas quedan lejos de aquí. Vivo en un retiro en el interior del otro retiro de Lisboa. Todo lo que necesitaremos para nuestra vida podemos encontrarlo sin caminar más de veinte minutos. Las fruterías, la carnicería, la panadería, las pastelerías en las que también sirven almuerzos baratos y sabrosos, los restaurantes en los que va a comer a mediodía la gente que trabaja por el barrio, con sus menús pegados en el escaparate, escritos a mano sobre manteles de papel. La anchura del mundo exterior cabe en los confines del barrio: las casas de comida india o nepalí, o de Mozambique, o de Goa; el Botánico Tropical con sus espesuras de bambú, sus palmeras altísimas de la Polinesia, los pinos del Tíbet, las araucarias australianas. En el Botánico Luria observa con reverencia e intriga a los pavos reales y persigue a los gansos con una saña tan absurda como la afición que tiene, si yo no estoy alerta, a comerse sus heces. Si como fuera de casa procuro buscar una terraza al aire libre para llevarla conmigo y que no se quede sola. Hay una plaza empedrada con casas bajas como de pueblo y una terraza con las mesas a la sombra de una gran buganvilla. Hay tiendas pequeñas de nepalíes en las que se puede comprar cualquier cosa a casi cualquier hora, y ferreterías, y tiendas de electricidad y de telefonía móvil, y una papelería de aire modesto que huele escolarmente a gomas y a lápices y en la que se venden periódicos internacionales. Este barrio es una aldea en la que se saludan los vecinos y donde puedo comprar *Le Monde* y el *New York Times*.

La cercanía es autosuficiencia y fortaleza: resiliencia, dicen ahora; movilidad eficiente sin despilfarro de combustibles fósiles. Solo me alejo del barrio cuando salgo a correr. Por la mañana temprano, o en los atardeceres, con el sol poniente alargando las sombras al filo de los muelles. He llevado a veces a Luria conmigo, pero se cansa, o se aburre, o se distrae con cualquier cosa. Luria es una perra holgazana y gatuna que prefiere la contemplación al ejercicio físico, la música de Ornette Coleman y de Ligeti a la compañía alborotada de otros perros. Antes salía a correr por la orilla del Hudson y ahora voy por la del Tajo. De un estuario a otro: en los dos se juntan las aguas fluviales y las del océano; los dos van y vienen y parece que cambian el curso cuando sube la marea. La corriente del Tajo es mucho menos poderosa: no arrastra troncos de árboles enteros, vigas como despojos de barcos hundidos. Nada aquí tiene tanta violencia. Cuando llegue el invierno no veré este río convertido en un lento glaciar de placas y bloques despedazados de hielo, deslizándose muy despacio, como un desfile de mármoles de ciudades en ruinas, en una quietud que parece silencio hasta que poco a poco se descubre que hay un rumor y un siseo de témpanos que crujen rompiéndose, que se chocan o rozan entre sí, en el interior de una niebla en la que se perfila la sombra de un barco rompe-

El ritmo de la carrera va amortiguando el sentido del tiempo. Al comenzar el cuerpo está todavía perezoso y como entumecido. Parece que las fuerzas no durarán más de unos pocos minutos. Mirar el reloj es un gran desánimo. El puente parece inalcanzable en la lejanía. Duelen las rodillas, las articulaciones, las plantas de los pies. Pero el ejercicio sostenido en vez de aumentar la fatiga la va transmutando en ligereza y vigor. Corro y me olvido de que estoy corriendo. En el bolsillo chocan entre sí las llaves y el teléfono. Oigo el sonido regular de mi respiración y los golpes de las zapatillas sobre el suelo prensado del carril para corredores y ciclistas, sobre las zonas adoquinadas y las de *calçada* portuguesa, más gratas de pisar. Los lugares distantes a los que voy llegando marcan la medida de un tiempo contenido en el interior de la carrera misma, en mi conciencia y en los movimientos acompasados de mi cuerpo: el corazón, los pulmones, las piernas, el pecho que se alza hinchado y absorbe hasta el fondo de los pulmones el aire con olor a yodo y a algas y a pescado podrido. La mirada ha de dilatarse al máximo para abarcar el horizonte igual que los pulmones en el esfuerzo y el deleite de la respiración ya sosegada. Según me acerco al puente son más precisos sus sonidos. La vista es una percepción de una franja muy limitada de ondas electromagnéticas, dice Cecilia; el oído capta con matices innumerables ondas mecánicas, vibraciones circulares del aire como las del agua en la que se arroja una piedra. Todo lo más simple es de una complejidad inaudita: acercándome al puente el ruido general que se difunde en la lejanía empieza a descomponerse como la luz blanca a través de un prisma: los coches y los camiones que circulan por la plataforma superior; los trenes que pasan justo por debajo; la vibración de los dos pisos de la estructura metálica; la de los nervios que el viento estremece y el silbido que hace al atravesarlas.

Para oír mejor y oler mejor entorno los párpados. Veo delante de mí las líneas blancas del carril y mis pies que avanzan sobre ellas. Hay momentos en los que sin darme cuenta cierro los ojos. Voy corriendo como un sonámbulo con los ojos cerrados. Paso ahora bajo los pilares del puente. El estruendo de los coches y los trenes desciende en vertical sobre mi cabeza. Entro en la sombra oblicua del puente y salgo de ella. Hay pescadores de caña que aguardan tranquilamente mirando a lo lejos, a esta hora a la que los veleros van volviendo hacia el puerto, a la luz rubia del sol. El río se abre ahora a una anchura marítima. Se ven en la distancia, heridas por el sol, las estructuras complicadas de una refinería. Barcos petroleros permanecen inmóviles en medio de la corriente; vienen buques de cubiertas planas en las que se apilan torres formidables de contenedores. Las mercancías y el petróleo llegan por mar y las oleadas de turistas en los cruceros gigantes y en los aviones que sobrevuelan el río.

Abro los ojos y de pronto no sé en qué dirección voy corriendo ni qué hora es. Sin saber cómo he perdido la orientación. No sé dónde están los puntos cardinales. No sé si la sombra tan larga que hay detrás de mí es la del sol ascendiendo o poniéndose. El desconcierto se convierte en inquietud y la inquietud en angustia. No he parado de correr pero no sé hacia dónde. Voy corriendo hacia el puente, desde luego, pero no sé si desde un lado o desde el otro, si alejándome de la ciudad y de mi barrio y mi casa o acercándome a ellos. No sé qué hora es ni en qué día vivo. No quiero claudicar sacando el teléfono del bolsillo y comprobando la hora y la fecha. Intento calcular cuánto tiempo hace que me fui de Nueva York o que llegué a Lisboa y no consigo saberlo. Si paro de correr la confusión será peor todavía. He de seguir corriendo para llegar cuanto antes a mi casa. No sé cuántas horas hace que dejé sola a Luria. Por más que me esfuerzo ahora mismo no sé cuántos días o semanas hace que estoy esperando a Cecilia. Al pasar junto al muelle he visto un nombre en el casco de un velero: *Ishtar*. Un momento después me doy cuenta de que eso es imposible y el nombre junto a la proa ha cambiado. Veo el Cristo en la otra orilla y el mapa perdido del mundo a mi alrededor cobra de nuevo una forma inteligible.

suelo. Hasta sabía cuándo mi mano sujetaba el pomo pero no llegaba a empujar la puerta. Ni siquiera cuando nos hablábamos se disipaba el silencio. Nuestras voces sonaban raras porque el silencio que no podían vencer las había neutralizado. Nos preguntábamos cosas triviales y no reconocíamos nuestra propia voz al hablar, y menos aún la voz del otro cuando contestaba. Había algo apagado en las voces, una monotonía sin brillo. Oía mi propia voz diciendo con esfuerzo una frase común para disimular el silencio y me parecía que estaba leyendo unas líneas dictadas por otro. El silencio borraba cualquier rastro del motivo inicial que lo hubiera provocado. Yo me sabía culpable de algo y no sabía lo que era. Dice Cecilia que a veces me falta la capacidad de examinarme a mí mismo; que eludo la introspección porque me aburre o me pone triste o me impacienta. El silencio era el agravio que cada uno le estaba haciendo al otro y el remordimiento por el agravio y también su castigo. Ya no vivíamos en una casa plácidamente silenciosa. El silencio había sido otras veces una bendición y un espacio protector al que los dos nos acogíamos, el placer de la compañía mutua y el de la soledad en las tareas de cada uno. Pero ahora no estábamos en una casa de laboriosidad tranquila y quietud. Ahora estábamos los dos encerrados en una estrechura sin ventanas, cada uno en su propia burbuja a cada minuto y cada hora más hermética y los dos confinados juntos en la que nos envolvía y nos sofocaba, incapaces de decir una palabra que rompiera el maleficio, un ábrete sésamo que venciera el silencio y nos salvara de él; incapaces de extender una mano que traspasara la lejanía de pronto definitiva entre nuestros dos cuerpos, paralizados a unos centímetros el uno del otro.

Nos sentábamos a comer y las cosas que nos decíamos parecía que no provocaban ondas sonoras en el aire. Nos encontrábamos en el pasillo, o al salir del cuarto de baño. Nos pasábamos un cuchillo o la mantequilla o el pan y nos dábamos las gracias. El encono secreto o la angustia o el agravio no dicho o lo que quiera que fuese era una fuerza magnética que nos impedía apartarnos el uno del otro y al mismo tiempo nos repelía para que no pudiéramos acercarnos. El silencio duraba horas o días y cada minuto de él era irrespirable. Cada uno de los dos se moría de tristeza al lado del otro: la tristeza que infligía con la suya y la que recibía por contagio. El silencio se contagiaba a Luria, que nos miraba muy fijo sin mover la cola, y se retiraba al rincón más alejado de donde estuviéramos. Huía instintivamente de nuestra pesadumbre, que ella captaría mejor que nosotros mismos con su oído y su olfato. Cualquier sonido brusco provocaba un sobresalto, hasta la caída de un tenedor al suelo, o el timbre del teléfono fijo, que ya no sonaba casi nunca, salvo para llamadas de publicidad inverosímiles, muchas veces voces grabadas, con un tono de entusiasmo comercial. Sonaba el teléfono y era también una esperanza. La voz de alguien, un amigo, un compañero de trabajo, llegaría de fuera para rescatarnos del silencio que nosotros solos no sabíamos romper. Cecilia había cogido el teléfono y yo espiaba desde la habitación contigua. Su voz luminosa sonaba velada de pesadumbre contestando a alguien, diciendo lo que uno decía para desembarazarse de ese tipo de llamadas, vendedores desesperados de sistemas de seguridad o de hipotecas ventajosas, recaudadores incansables de donaciones para una orquesta o un museo.

Nosotros nunca nos hemos alzado la voz. Nunca nos hemos dicho nada cruel ni ofensivo, nada que hayamos deseado borrar inmediatamente después sabiendo que ya es irremediable. No eran las palabras sino el silencio lo que nos descorazonaba, lo que nos iba gastando, ahogándonos. En esos trances cada uno se cocía a fuego lento en la presencia silenciosa del otro. Acostarse en aquel silencio y ponerse cada uno a leer en su lado de la cama era una tristeza sin consuelo, empeorada por la repentina mezquindad de las comodidades y las costumbres caseras: el pijama, el camisón, el cepillo de dientes eléctrico, los bastoncillos interdentales, el retiro de unos minutos tras la puerta cerrada del cuarto de baño. El silencio había convertido en una especie de plataforma neutral la cama ancha y propicia del deseo. El deseo no parecía posible que pudiera volver nunca. Cada uno se sentía a la vez culpable y ofendido. Cada uno sentía el remordimiento de haber cometido un agravio y el escozor de haberlo recibido. Sobre cada cosa común o agradable que uno hiciera, cada lectura, cada vaso de agua fresca, cada visión de los tejados desde la ventana, la fragancia del jabón al lavarse las manos, se imprimía el sello de la pesadumbre. El otro mundo perdido, el Paraíso Terrenal, continuaba existiendo, en el mismo lugar donde lo habíamos conocido tantas veces. Habíamos sido expulsados pero seguíamos habitando en él como huéspedes indignos. Estaba muy lejos y allí mismo. Era inaccesible y estaba al alcance de la mano. Esos dos desconocidos a los que envidiábamos éramos nosotros mismos. Nos habíamos perdido el uno al otro y seguíamos viviendo juntos, y encontrándonos deseables, y no imaginábamos nuestra vida junto a otras personas. El muro invisible no lo había levantado nadie más que nosotros. De una manera intuitiva nos dábamos cuenta de que rescatarnos juntos sería tan fácil como perdernos el uno al otro; y que el mismo esfuerzo que estábamos dedicando a la desdicha silenciosa podríamos emplearlo en la felicidad.

Yo estaba en la cama, leyendo a Montaigne sin enterarme de nada, muerto de pena, en pijama. Oía

21

Es esa misma noche o es otra. La semejanza confunde los recuerdos, igual que los lugares. Dice Cecilia que a la memoria no se le da bien preservar hechos singulares, a no ser que sean traumáticos o muy valiosos para la supervivencia por cualquier otro motivo. La sede cerebral del miedo que está en la amígdala y la de la memoria, que está en el hipocampo, tienen conexiones muy abundantes entre sí. Pero la memoria, dice Cecilia, tiene más que ver con el porvenir que con el pasado. Quizás por eso en aquella tribu sobre la que leía hace poco el pasado se proyecta hacia adelante y el futuro hacia atrás. El pasado sirve como un depósito de experiencias en virtud de las cuales se aprenden lecciones valiosas sobre lo que puede suceder, los peligros que pueden rondarnos, los lugares a los que no nos conviene volver, los alimentos dañinos que convendrá reconocer cuando los encontremos de nuevo. La tarea que hace bien la memoria es la de establecer secuencias y continuidades predecibles, patrones significativos. Un murciélago se come a una luciérnaga y lo que ingiere es tan vomitivo que ya no volverá a hacerlo nunca más. La luciérnaga, tan indefensa en apariencia, segrega toxinas muy venenosas para los depredadores nocturnos. La memoria les avisa. La memoria no preserva el fulgor glorioso de un solo momento que puede no repetirse sino secuencias de hechos, vínculos que pueden ser correlativos o causales, pero que advierten de la probabilidad de algo.

Es esa noche o es otra, en el dormitorio, delante del espejo en el que nos he visto reflejados, sumergidos, a la luz del pasillo y a la de las farolas de la calle, porque Cecilia prefiere siempre la penumbra a la claridad excesiva y apagó la luz de la mesa de noche. Puede que sea esa noche porque al invocarla tengo una sensación de regreso: como si hubiéramos vuelto de una separación, o de la opresiva invasión del silencio; o quizás es que Cecilia ha vuelto de uno de sus viajes y está tan fatigada que por momentos ha caído en el sueño, y ya no sabía si estaba despierta o si se había dormido de puro cansancio y estaba soñando lo que nos sucedía, el lento polvo sonámbulo que yo he espiado de soslayo en el espejo del armario, la dulce pornografía del amor. Ha habido un regreso o una reconciliación y por eso es más profunda la oleada de sosiego feliz en la que yazgo ahora, hablándole a Cecilia al oído.

Fue entonces cuando me quedé fuera del tiempo, o amnésico de él, aunque de ninguna otra cosa. No estoy seguro de poder explicarme. Con voz de sueño, desnuda y abrazada a mí, Cecilia me dijo, después de unos momentos de silencio y de respiración poco a poco apaciguada: «¿Qué día es hoy?». Fui a contestarle y no lo sabía. Pero tampoco podía recordar la fecha, ni el mes. Era un espacio en blanco que no paraba de extenderse. Cada referencia temporal desaparecía en el momento en que yo la buscaba. Tampoco sabía el año. Estaba seguro del siglo, eso sí, pero era un dato irreal, del todo abstracto, como un siglo del porvenir o del pasado histórico sin ninguna relación con mi vida. El siglo XXI. Iba a contárselo a Cecilia pero se había dormido. La única marca temporal cercana que tenía era la hora de la noche en los números rojos del despertador. No me faltaban recuerdos ni referencias de mi vida. Dije mi nombre completo, el de Cecilia, nuestra dirección, nuestros números de teléfono. Esas certezas amortiguaban un indicio de angustia. Lo que me faltaba era cualquier referencia cronológica. No sabía en qué año estábamos y se me había borrado el de mi nacimiento. Me esforzaba en vano por calcular mi edad. Quería averiguarla y al mismo tiempo me daba miedo la posibilidad de descubrir que era viejo. Tal vez tenía setenta o setenta y cinco años y la vida se me había pasado sin que me enterara. Al menos Cecilia era indudablemente más joven. Pero cuándo había nacido y cuántos años podía tener era un misterio para mí. La tenía a mi lado, murmurando algo en sueños, la cara contra la almohada, una sonrisa en un lado de la boca, el pelo revuelto sobre la mejilla. Tuve la tentación de despertarla pero no lo hice. Se asustaría si se despertara y me oyera preguntarle qué día era, de qué año, cuál era mi edad, cuántos años llevábamos juntos. Ni su teléfono ni el mío estaban a la vista. Podía levantarme para buscar uno de ellos y mirar la fecha, o consultarla en el ordenador. Pero Cecilia tiene el sueño ligero. Por mucho cuidado que pusiera en desprenderme de su abrazo se despertaría.

Buscaba en vano recuerdos de fechas seguras. Me dio tristeza y remordimiento no saber ya en qué año había muerto mi padre, hacía cuánto tiempo. La sensación de deslealtad me abrumó. A lo largo de esos años que yo ahora no sabía calcular cada vez había ido acordándome menos de mi padre. Lo había dejado disolverse en un olvido ahora más grave porque al borrárseme la fecha de su muerte también abolía la posibilidad de la conmemoración. Las únicas fechas que recordaba, con precisión superflua, eran las que había aprendido de memoria en la escuela. No sabía ni el día ni el mes ni el año de mi nacimiento, pero sí los del descubrimiento de América o los de la batalla medieval de las Navas de Tolosa, y hasta el día exacto del nacimiento del general Franco, que estaba retratado en el aula encima de la pizarra, al lado del crucifijo. Tampoco se debilitaban los pormenores visuales. Las imágenes del pasado flotaban aisladas y vívidas en ese tiempo sin fechas, en un gran lago de silencio y negrura, como en la pantalla de un cine antiguo, sus figuras gigantes para los ojos de un niño. Sin referencias temporales, mi biografía se disgregaba en episodios discontinuos, en fragmentos desconectados entre sí, sin antes ni después.

Hasta mi identidad se desdibujaba. Su único asidero seguro era ese momento en el que vivía, ese lugar alejado de cualquier otro, aislado de la ciudad ingente al otro lado de la ventana y del mundo que se dilataba en llanuras de luces más allá de ella. Como un gusano de seda vivía confinado en el interior de un capullo translúcido, el dormitorio en penumbra, la claridad que entraba desde el cuarto de baño, la presencia de Cecilia, la dulzura sexual que duraba como un rescoldo poderoso, oleadas de oxitocina inundando las conexiones nerviosas y el flujo sanguíneo, habría dicho ella. Dije una vez más mi nombre completo en voz baja, luego el de Cecilia, el nombre de mi padre y el de mi ma-

dre, el de la ciudad que entraba con un rumor lejano por la ventana entreabierta, el de nuestro barrio,
hasta el nombre y el apellido difíciles del súper
albanés de nuestro edificio: pero no sabía cuánto
tiempo llevábamos viviendo en él, ni cuántos años
hacía que llegué a Nueva York. Una fecha apareció entonces, completa, brotando de la nada, 11 de
septiembre, 2001. Pero tan aislada de cualquier
otra tampoco me servía. Habían pasado años desde entonces, bastantes, desde luego, pero no podía
saber cuántos. Igual me encontraba al final de mi
vida y no me había enterado.

Con un esfuerzo de concentración que amenazaba disgregarse en desvanecimiento pude recordar
el año en que nací. Pero como no sabía la fecha del
presente tampoco ahora podía calcular mi edad.
Cecilia dormía dándome la espalda. Me levanté sin
hacer ruido. Luria me miraba con ojos de intriga
desde su rincón. En la ventana una noche solitaria
y tranquila no daba ninguna pista sobre la época
del año. Al menos no era invierno, porque los árboles tenían hojas. No era otoño porque las hojas
no amarilleaban. La ausencia del tiempo y los sonidos atenuados de la noche profunda resaltaban
el presente como un trance singular de quietud. Salí
al pasillo sin encender la luz, guiado por la claridad del cuarto de baño a mi espalda. En la cocina
bebí un vaso de agua. Una cucaracha grande y ru-

bia permanecía alerta junto a su camino de escape bajo la nevera. Di un solo paso y desapareció. Una vez, en el laboratorio de Cecilia, oí el chisporroteo de las neuronas de una cucaracha, a través de los electrodos conectados a un amplificador. Luego comprobé que es un ruido muy semejante al de las neuronas de una rata o a las de un ser humano.

Al detenerse el motor de la nevera se hizo de pronto evidente el silencio. En el reloj estropeado del horno parpadeaba una hora arbitraria. Entré luego en el estudio de Cecilia. La pantalla de su portátil estaba iluminada. Bastaría mirarlo para saber la fecha, para situarme de nuevo en el mapa del tiempo. Pero ahora me daba miedo hacerlo, o reparo. Quizás no quería salir de aquella amnesia que era también como una gran absolución. En cuanto viera la fecha sabría mi edad y descubriría probablemente que era más viejo de lo que hasta entonces había creído. Podía ser como en esos cuentos en los que alguien despierta con normalidad una mañana y resulta que ha dormido durante un siglo. Desde luego yo iba intuyendo que estaba lejos de la juventud, pero no a qué distancia. No quería mirarme en ningún espejo. La juventud visible de Cecilia, en ese mismo momento, en el dormitorio, era la única certeza temporal de la que podía fiarme. Lo que el tiempo hubiera hecho conmigo, lo que yo descubriría en cuanto mirara el ordenador o el teléfono o me atreviera a asomarme al espejo, eso a ella no la había tocado. Me tomé una pastilla para dormir. Mientras esperaba el sueño yacía en una oscuridad tan despojada de referencias espaciales como de marcas en el tiempo. Los números de tenue brillo rojizo en el despertador no significan nada. Desperté tarde y la luz de la mañana había borrado cualquier rastro del vértigo de la noche anterior, ahora tan insustancial como un episodio entrevisto de un sueño que se disipa con la llegada del día. No le dije nada a Cecilia. De nuevo estaba instalado en el orden meticuloso del tiempo.

22

Me he enterado de que los grandes incendios ahora tienen nombres, como los huracanes. El incendio llamado Mendocino Complex lleva ardiendo once días en California y ha quemado hasta ahora ciento veinte mil hectáreas. En la televisión se ven en directo carreteras iluminadas de noche por el fulgor de las llamas y ocupadas por columnas de fugitivos que las atascan con sus coches enormes y sus furgonetas y continúan huyendo a pie, cargando con maletas, bolsas, colchones, empujando carritos de niños, como desplazados por la cercanía de una guerra. El viento seco que viene del desierto alimenta el fuego acelerando su avance. Treinta y ocho mil personas han tenido que ser evacuadas. El incendio Thomas duró un mes entero el año pasado. El incendio Carr lleva asoladas sesenta y seis mil hectáreas en unas semanas. El 26 de julio hubo un tornado de fuego que provocó un vendaval de doscientos sesenta kilómetros por hora y mató a siete personas atrapadas en las llamas. El presidente Trump ha dicho en Twitter que la culpa de la oleada de incendios en California son las leyes de protección del medio ambiente. En la CNN los locutores repiten la palabra «*megafires*». Un científico dice, contra un fondo de llamaradas extendiéndose sobre las copas negras de un bosque de coníferas, que este es el verano más caluroso registrado nunca. Los otros tres más calurosos de la historia son los tres anteriores. Diecisiete de los dieciocho años más cálidos desde que existen registros son posteriores a 2001. 2017 fue el año récord de emisión de dióxido de carbono a la atmósfera. No ha habido tanto dióxido de carbono en ella en los últimos ochocientos mil años. Campesinos de camisas blancas y sombreros de paja se abren paso entre una espesura de tallos secos de maíz. En El Salvador las cosechas se han arruinado después de un mes entero con temperaturas máximas por encima de los cuarenta y un grados. Incendios bien planificados queman regiones enteras de bosques amazónicos. Los satélites artificiales detectaron cien mil focos distintos en la Amazonía tan solo en septiembre del año pasado. Durante varios meses al año los incendios provocados en las selvas de Indonesia para ganar tierra de cultivo cubren una gran parte del Sudeste de Asia en una niebla tóxica. En esta hora insomne el científico de la CNN enciende una cerilla y la mira arder como si estudiara un insecto. Dice: «El fuego es una reacción química».

do seis mil especies de ranas y cada una de ellas emite un croar que las distingue y permite que los machos y las hembras se busquen entre sí en medio del clamor nocturno de una ciénaga. Las ovejas reconocen las caras de otras ovejas. Hay cuervos que reconocen desde el aire las caras de los científicos que han hecho experimentos con ellos y los atacan a picotazos vengativos. Hasta las avispas sociales son capaces de identificarse entre sí por diferencias mínimas en las líneas negras de sus cabezas. Luria sabe mucho mejor que yo cómo suenan mis pasos y podrá reconocerlos entre el laberinto de los pasos de una multitud en una plaza. Doblo la esquina y voy subiendo por la calle, la respiración agitada por el esfuerzo de las cuestas de Lisboa, y me imagino a Luria sola en el apartamento, distraída con algo, o adormilada en la soledad y el silencio: alza las orejas de pronto, mueve despacio la cola, lúcida de golpe, alerta, se alza sobre las patas traseras, vuelve el hocico hacia el balcón entreabierto. Ha desaparecido su letargo. La quietud se ha alterado con un quiebro de inminencia. El tiempo detenido se convierte en espera. Cuando ha identificado del todo mis pasos ha sido como encontrar un rastro y no dejar de seguirlo. Los ha oído sobre los adoquines del empedrado y sobre los trozos de piedra blanca de la acera. En su inmovilidad impaciente y perfecta ha distinguido el ruido de la llave dos pisos más abajo, y el de la puerta del edificio al abrirse, y luego el golpe rotundo con el que se cierra siempre, y su vibración transmitiéndose hasta las tablas del suelo sobre las que ella está sentada, y por fin mis pasos fuertes retumbando en los peldaños de madera, y también mi respiración de fatiga. En algún momento le habrá llegado el olor de mi ropa, y el del sudor de mi caminata, y quizás alguna otra segregación imperceptible para mí que le dé indicios sobre mi estado de ánimo. El corazón le late muy fuerte y la cola barre el suelo cuando por fin oye la llave girando en la puerta del apartamento.

Soy el que llega desde no se sabe dónde, emergido de golpe en un presente que es el tiempo invariable de la conciencia de Luria, aunque no sé si Cecilia me autorizaría a usar esa palabra. Desde la alfombra del salón, o desde el fondo del pasillo, ha mirado la puerta todavía cerrada, y luego la ha visto abrirse poco a poco, y me ha visto aparecer a mí, desde abajo, mucho más alto de lo que yo puedo imaginarme, mis zapatos y los bajos de mis pantalones y mis rodillas a la altura de sus ojos, mi cabeza empequeñecida en lo alto, y mis ojos buscándola, porque nunca estoy seguro de por dónde va a aparecer. La veo y la llamo, pero no viene. Parece que se resiste, que se contiene para preservar la expectativa, el prodigio de mi aparición; o que quiere que sea yo quien vaya hacia ella. Me acerco sin prisa y se mantiene erguida, temblando un poco, la cola azotando el suelo, con un esfuerzo supremo de inmovilidad, de una especie de dignidad o soberanía canina; como en un juego también, a ver quién de los dos cede antes, mirando hacia donde yo estoy pero eludiendo mis ojos, la cabeza vuelta hacia un lado, jugando a que no me ha visto, la mirada como de una gran profundidad interior, como la de alguien muy absorto en sí mismo que no quiere abandonarse a una emoción demasiado poderosa. No he visto a nadie esperar con tanta intensidad, con esa misma concentración absoluta, toda ella volcada en el acto de la espera, en la aproximación lenta, en la plenitud de la llegada. Le acaricio la cabeza diciendo su nombre, Luria, Lurita, o el diminutivo que le gusta a Cecilia, Lu, y entonces se da la vuelta y se tira en la alfombra patas arriba, sin majestad ninguna, toda ella rendición, arqueando el cuerpo para que se levante más la barriga.

24

El otro día, a la hora del desayuno, Alexis se presentó sin haberme avisado. Ha pasado más veces. Si no disimulo mi sorpresa me da a entender, no sé con qué fundamento, que soy yo quien se ha olvidado de la cita. Habituado a estar solo, me desconcierta la aparición de alguien imprevisto. Me había levantado más tarde que de costumbre, por el vicio de quedarme hasta las tantas viendo canales de noticias y navegando por páginas web de periódicos. No había recogido aún las cosas del desayuno. Me gusta tomarlo en la terraza, que a esa hora está fresca, porque el sol no da directamente hasta el mediodía. A la hora del desayuno la cocina abierta de par en par y la terraza dan más que nunca una sensación de casa de campo. Algunas macetas ya empiezan a prosperar en ella: un geranio, un jazmín. Los tallos del jazmín los he sujetado a la pared encalada con hilo bramante y alcayatas. Contra el blanco de la pared resalta el azul mahón de la pintura de la mesa. Los mismos gestos los repito con exactitud cada mañana. Lo primero es servirle la comida a Luria en su cuenco. Mientras se hace el café pongo sobre la mesa los dos manteles, las dos tazas, los dos juegos de cubiertos. La cafetera que teníamos en Nueva York se rompió en el viaje. Por fortuna encontré una igual en una tienda del Campo de Ourique. Cecilia no notará ninguna diferencia. En el centro de la mesa pongo alineados el tarro de la miel y el de la mermelada, la jarrita con la leche caliente. El recipiente de cristal con la mantequilla lo sacaré de la nevera en el último momento para que no empiece a derretirse. Si Cecilia ha seguido durmiendo un poco más una mañana de domingo la despertaré llevándole un zumo de naranja a la cama. Por suerte en este barrio en el que hay de todo hay también una panadería francesa. Me recuerda en su decoración y en el olor cálido a horno y a café y bollería recién hecha de las mañanas a nuestra panadería de Nueva York, que se llamaba Silver Moon. El nombre estaba impreso en letras blancas sobre el azul gastado del toldo. Sin darme cuenta hablo en pasado: pero los lugares no dejan de existir porque uno ya no los vea.

A esta panadería de Lisboa estoy seguro que Cecilia va a aficionarse tanto como a aquella. Aquí encuentro los panes que a ella le gustan: de nueces, de semillas y pasas. He de poner mucho cuidado con las tostadas porque a ella le gustan menos hechas que a mí. Luria unas veces entra corriendo desde el fondo del pasillo al oír el repique de las bolas de pienso sobre el metal del cuenco y otras veces se queda por ahí, sin mostrar demasiado interés, vigilando la calle desde el balcón, o cobijada en su jaula de viaje, que está en un rincón del trastero. La jaula es para ella un lugar misterioso de retiro. Dice Cecilia que a mayor impredecibilidad en el comportamiento de un animal mayor es también el grado de conciencia que puede atribuírsele. A Luria, el perro de los experimentos de Pavlov le parecería un simple. Luria unas veces quiere algo y otras no y no se sabe por qué ni se puede anticipar. Quizás lo único infalible en ella es su desdén hacia los demás perros y el entusiasmo que le despiertan los humanos, sobre todo los que se presentan en casa, todos los operarios, por ejemplo, o su admirada Cándida, y por encima de todos Alexis, que tiene algo de finura canina en el temblor de las aletas de su nariz y en sus orejas muy delgadas y muy separadas de la cabeza, como membranas translúcidas para captar ultrasonidos. Alexis sube los cincuenta peldaños hasta el apartamento tan rápidamente como los sube Luria, inclinado hacia adelante, ligero y enjuto como un galgo, con sus extremidades largas y flexibles, como a punto de descoyuntarse cuando las extiende al máximo. Alexis presta también una atención inmóvil a lo que se le dice, mirando fijo con los ojos muy abiertos en su cara huesuda. Yo me doy cuenta a veces de que me expreso con demasiada vaguedad, sobre todo si quiero hablarle de algo relacionado con la técnica, y entonces él me mira todavía con más atención, como queriendo obtener indicios gestuales que le ayuden a comprender lo que mis palabras no explican. La otra mañana Luria se había retirado después de desayunar a la soledad de su jaula y de pronto salió de ella y atravesó como una flecha el pasillo. Desde la cocina yo veía su perfil de perro egipcio dibujado contra la claridad del balcón. Unos segundos después sonaba el timbre del portero automático. Alexis tiene llaves, pero siempre insiste en llamar a la puerta del edificio, no solo a la del apartamento. Yo estaba tan adormilado todavía que no acertaba a identificar su voz, ni a pulsar el botón adecuado. Cuando le abro, se inclina con una cortesía japonesa y aunque no haya llovido se limpia las suelas de los zapatos en el felpudo de la entrada. Se incorpora como un junco doblado que vuelve a la vertical, y espera a que yo extienda mi mano para ofrecer la suya, como cediendo la iniciativa en un gesto de confianza que él no estuviera autorizado a iniciar. Dice «*com licença*», y entra de lado, y a continuación Luria salta elásticamente hasta ponerle las patas en el pecho y lamerle la cara, y los dos acaban rodando sobre la alfombra del salón.

Ahora que me acuerdo, Alexis venía a tomar las medidas de un toldo para la terraza. Después de revolcarse un rato con Luria y de dejarse lamer sin resistencia la cara y la calva se incorporó de un salto como un trapecista y diciendo otra vez «*com licença*» fue hacia la cocina. Las herramientas colgaban de su cinturón como revólveres y armas diversas en sus fundas. Fue al seguirlo a la terraza cuando me di cuenta de que las cosas del desayuno estaban sin recoger sobre la mesa. Me dio vergüenza que las viera, pero en ese momento no se me ocurrió una manera de evitarlo. Con sutil cortesía, Alexis pasa siempre por los lugares de la casa sin apartar la mirada de lo que tenga que ver con su tarea. Pero esta vez, en el umbral de la terraza, al fijarse en lo que yo estaba viendo que veía, el desorden del desayuno a medio terminar en la mesa, no tuvo el reflejo de ignorarlo: los dos manteles, las dos tazas, los platos de las tostadas, uno intacto, el otro visiblemente usado, con manchas de mantequilla y de mermelada en el plato y en el filo del cuchillo.

Así que por fin llegó. El señor se lo tenía bien callado.

No sabía qué decir. No sé si llegué a enrojecer. De pronto, al ver la sonrisa en la cara de Alexis, el brillo de agudeza en sus ojos a la vez saltones y rasgados, se me ocurrió la posibilidad horrible de que estuviera burlándose de mí: él joven y yo camino de ser viejo, él ágil y yo lento, él hábil con los aparatos mecánicos y las destrezas digitales y yo casi tan inútil para los trabajos de las manos como para la tecnología; él infatigable y activo, yo en una confusa holganza de jubilado; él dotado de un vigor sexual como el que yo había poseído y ahora estaba en suspenso, en letargo, hasta que llegue Cecilia, hasta que nos entreguemos el uno al otro en el dormitorio contiguo a la cocina donde Alexis cree o finge creer que ella está ahora mismo durmiendo: tan parecido al otro que creeremos haber vuelto a él cuando nos abracemos sin preámbulos en los primeros minutos después del regreso.

La sonrisa de Alexis se debilitaba delante de mí y yo no decía nada, los dos parados en el umbral de la terraza. Fue él quien dijo: «Recién llegó y se habrá dormido al instante después de un desayuno tan rico. Habrá volado durante toda la noche. A mí me matan también esos vuelos transatlánticos». Entonces bajó la voz: «Espero no haberla despertado. Pero ya me marcho. Tomo las medidas en un minuto y con su permiso me voy y no les molesto más. Me encargo del toldo y le mando un mensaje. Qué pena no haberlo tenido listo para cuando ella llegara». Medía rápido, con la cinta métrica extensible, anotando cosas en un cuaderno diminuto con un lápiz que se pasaba por la lengua antes de usar y luego insertaba no sin dificultad detrás de la oreja, haciendo fotos rápidas con el móvil. Yo no había empezado todavía a recoger la mesa. Alexis la miraba de soslayo, y también hacia la ventana cerrada del dormitorio, que está justo al lado de la terraza. Me pareció que miraba con una curiosidad excesiva que yo no le había notado antes las cosas intactas sobre uno de los dos manteles del desayuno. «Ricos croissants franceses. La señora Cecilia no se podrá quejar de la recepción.» Hizo un gesto que no sé si fue un guiño. Inclinaba la cabeza, nervioso, parecía, con su cortesía exagerada, anotando medidas en el cuaderno, disculpándose a cada momento por casi chocar conmigo, en la terraza tan pequeña. Exageraba la cautela de los gestos y sus pisadas silenciosas, como un actor en un espectáculo de mimo. Al llegar a la puerta puso un cuidado extremo en abrirla sin ruido. Volvió la mirada un momento hacia el fondo del pasillo, en dirección al dormitorio. Me hizo otra reverencia desde el descansillo. Tiró muy despacio de la puerta, hasta que se cerró silenciosamente, como la puerta de una casa de la que se marcha un ladrón después de un robo sin que se hayan despertado los que duermen en ella.

25

Hay o había muchas sociedades en las que no existe la noción de horas y minutos. Hay idiomas de culturas primitivas en los que no existe medida de los años. Nadie sabe cuál es su edad. Los umedas de Nueva Guinea no marcan los meses y no saben cuántos hay en un año. Hay una estación húmeda y una estación seca y las dos se suceden indefinidamente. La medida del tiempo solo abarca el antes y el después inmediato. Hoy, ayer, anteayer, el día antes de anteayer; y también hay palabras para mañana, pasado mañana, el día después de pasado mañana. Para los umedas la Luna es un tubérculo que crece o se encoge. En muchas culturas de África oriental existen el presente y el pasado, pero no el porvenir. Los mi'kmaq de Canadá tienen palabras para el día, la noche, el amanecer, el crepúsculo, la juventud, la edad adulta, la vejez, pero no para el tiempo. El tiempo no existe fuera de su encarnación en las vidas de las personas y en los procesos de la naturaleza. Para los aimaras el futuro está detrás y el pasado por delante.

Me sumerjo en un libro y durante dos o tres días no leo nada más y no lo dejo hasta que no lo he terminado. Soy consciente de estar dándome a mí mismo una educación. Leo dos libros al mismo tiempo, incluso tres, y entonces voy pasando o saltando de un mundo a otro, y encuentro a veces conexiones inusitadas. Los árboles de un bosque se comunican entre sí a través de las raíces. Las neuronas transmiten sus impulsos eléctricos a lo largo de los axones y se comunican por descargas químicas de neurotransmisores. Entre una neurona y otra hay un mínimo vacío que la electricidad por sí sola no puede traspasar. Lo que conecta entre sí a las raíces de los árboles son comunidades simbióticas de hongos. Cecilia dice que las neuronas se murmuran entre sí con un lenguaje químico. En el interior del cerebro hay un murmullo inaudible y continuo como el de las hojas de los árboles en el bosque. Los árboles se transmiten señales de alarma entre sí por las raíces cuando reciben ataques de parásitos. De ese modo, los que aún no han sido afectados preparan a tiempo sus anticuerpos de toxinas. En el oeste de Estados Unidos y de Canadá una sola especie de escarabajo invasor se extiende por los bosques sin que ninguna defensa pueda contenerlo y ha provocado ya una mortandad de ciento treinta millones de árboles. A finales del siglo XVI Montaigne huye con su familia por los caminos de Francia asolados por la peste y la guerra. Leo una historia de la epidemia de viruela que erradicó a una gran parte de las poblaciones indígenas de América del Norte hacia 1600. Los exploradores no llegaban a orillas y a bosques vírgenes no habitados nunca por nadie. Llegaban a territorios que habían sido poblados y cultivados durante siglos y que estaban volviendo a un estado salvaje por la desaparición de seres humanos incapaces de sobreponerse a las epidemias europeas. El paraíso originario que creían haber encontrado los viajeros era el paisaje de una extinción que desataban ellos mismos con su sola presencia, con sus bacterias y virus para los que no tenían defensas los nativos.

Alzo los ojos del libro y Luria está mirándome con un aire jovial de expectación. Se ha acercado y se ha sentado en el suelo delante de mí sin que yo me diera cuenta. Mueve la cola y así difunde más eficazmente el olor de sus glándulas anales. Eso también lo he leído en un libro. En esta habitación yo vivo en los bosques de la Costa Este americana que he visto tantas veces estallar con los colores otoñales y Luria vive en su mundo de impresiones visuales nebulosas y sonidos y olores de una nitidez resplandeciente. En esta casa en la que solo estamos los dos Luria se pasa el día observándome, oliendo mi presencia y mi rastro, escuchándome con gran interés cuando le hablo o cuando se ha retirado al otro extremo del pasillo o al interior de su jaula y sabe todo lo que estoy haciendo por los pasos que doy y los ruidos que hago. Basta que abra la puerta del armario donde guardo su pienso o que abra la llave del gas y le acerque una cerilla encendida para que esa mezcla prometedora de olores y sonidos la haga presentarse en la cocina. Mira hipnotizada la llama de la vela que he puesto en el comedor a la hora de la cena entre el plato de Cecilia y el mío. Percibe mucho mejor que yo el olor de Cecilia cuando abro el lado del armario en el que está su ropa. Quiero volver al libro pero Luria no me lo permite. Adelanta una pata hacia mí y me golpea con ella en la rodilla como llamando a una puerta. Es ahora cuando caigo en la cuenta de todo el tiempo que llevo leyendo. Queda tan poca luz en el balcón que me cuesta distinguir las letras. Miro de verdad a mi alrededor y la habitación se ha quedado en penumbra. Luria está impaciente por salir a la calle. No sabe cuánto tiempo hace que salió por última vez pero sabe que anochece, y que tiene la vejiga llena.

26

Cecilia hace tareas de alta precisión con cosas diminutas. Con unos alicates como de miniatura corta un hilo de cobre más delgado que un cabello y de menos de medio centímetro de longitud que introducirá luego en un punto específico del cerebro de una rata blanca. El rojo de sus uñas es visible bajo el látex translúcido de los guantes. El pelo le cae sobre un lado de su cara ensimismada. Anestesia a una rata sobre la mesa de aluminio del laboratorio y con una sierra circular más pequeña que una moneda de céntimo le secciona la tapa del cráneo, y luego ajusta sobre él una especie de corona de metal con los electrodos. Esos hilos de cobre quedan insertados muy hondo en el cerebro, en la superficie de la amígdala. «Salvo por el tamaño, la amígdala de una rata es idéntica a la de un ser humano —dice Cecilia—. Emite las mismas señales de miedo y agresión.» Sus manos enguantadas y su mirada alerta tras las gafas sugieren una precisión como de alta relojería o talla de diamantes. Una mascarilla blanca le cubre la cara y resalta la expresión de sus ojos. Le digo que parece un velo de odalisca pero está tan concentrada que no llega a oírme. Por primera vez ha accedido a que la visite en el laboratorio. Observo en silencio cada cosa que hace. Yo también me he puesto una bata, una mascarilla, un gorro, unas calzas de plástico en los pies. Estoy como si no estuviera. Como en el laboratorio no hay ventanas ni referencias exteriores el tiempo parece que deja de existir o que queda en suspenso. El tiempo es la duración de cada tarea o el de la espera de los resultados de un experimento.

Cecilia puede armar y desarmar las piezas de un microscopio y cortar en láminas de un milímetro el cerebro congelado de una rata. Su campo de investigación es la memoria del miedo; el modo en que el trauma queda inscrito en conexiones neuronales que perpetúan la angustia, inmunes al olvido. En el laboratorio hay tareas de máxima sofisticación y otras de bricolaje improvisado. Cecilia desmonta una caja de cartón que ha recogido de la calle para formar con ella un laberinto por el que se moverán las ratas en un experimento. Ahora en vez de electrodos manipula trozos de cartón, tijeras, cinta adhesiva, grapadoras. Hasta yo puedo ofrecerle algo de ayuda. En un rincón del laberinto habrá un dispensador de alimento. Por corredores y esquinas habrá láminas de metal que emitirán descargas eléctricas cuando las pise la rata. Una cámara web registrará de día y de noche los movimientos del animal al principio despavorido, que no entiende los recovecos del espacio en el que se ha encontrado de pronto perdido, como en un sueño de ansiedad.

El laberinto está instalado en una especie de cuarto de escobas. La cámara registra los movimientos y los gestos de la rata, y un programa informático, cada uno de sus itinerarios. Otros sensores captan su presión sanguínea y el ritmo de los latidos de su corazón. La corona de papel de aluminio a la que están sujetos los electrodos tiene un piloto azul que permite ver los movimientos de la rata en la oscuridad. En casa, desde su portátil, Cecilia ve las imágenes y sigue en tiempo real los indicadores. A medianoche se ha incorporado en la cama, apoyando la espalda en almohadas y cojines. Ha abierto el portátil sobre la colcha. Se ha conectado al laboratorio y ve a la rata moviéndose asustada por el laberinto, paralizada por una descarga eléctrica, aprendiendo a eludir el pasillo de cartón en el que la ha recibido: alza las patas delanteras temblorosas; el piloto azul brilla en sus ojos diminutos; se encoge; da la vuelta. Cecilia pulsa una tecla para subir el volumen y en nuestro dormitorio se oyen, como pequeños golpes muy acelerados, los latidos del corazón de la rata. Quiere saber exactamente cómo se fija el miedo en esa memoria y si será posible que el trauma de las descargas pueda borrarse, y cuándo. El laboratorio de Cecilia tiene fondos del Pentágono para investigar la posibilidad de que se puedan suprimir recuerdos atroces de la memoria de soldados con estrés postraumático.

«Pero no sabemos si se puede llamar miedo a lo que sucede en el cerebro de la rata», dice Cecilia. La palabra «miedo» se ha convertido en tabú en los artículos que Cecilia lee y escribe y en los congresos a los que asiste. Dice, citando algo que en su mundo todos dan por supuesto, una referencia que provoca sonrisas que yo imito cuando me encuentro entre sus amigos, como esas sonrisas que uno pone para fingir que ha entendido una gracia en un idioma que no domina: «Nadie sabe cómo un murciélago siente que lo es». *What it is like to be a bat*. La rata se contrae, se encoge, le tiemblan las patas y el hocico, las descargas eléctricas y químicas se disparan en el interior de la amígala, el corazón late a una velocidad acelerada y desordenada. En la oscuridad del laberinto de cartón rodeado de una cortina negra los ojos rojizos de la rata tienen un brillo escarchado de cabezas de alfiler. El piloto azul en su cráneo aplanado por la cirugía es como una lámpara de minero. El laboratorio de luz fluorescente o de oscuridad es el mundo completo de la rata. Cecilia, recostada en la cama, con su cara insomne iluminada por la pantalla del portátil, es una deidad cuya existencia la rata no puede sospechar, la proveedora de su destino, la dueña de su vida y su muerte. Cecilia sujeta luego con destreza a la rata que tiembla de miedo en la palma de su mano izquierda enguantada y con la derecha le pone una inyección en los cuartos traseros.

Dice que es una muerte dulce y rápida. Aquel día en el laboratorio extrajo con unas pinzas el cerebro de la rata a la que acababa de eliminar y me lo ofreció, sosteniéndolo entre el pulgar y el índice. Era como la pulpa de una nuez, rosada, con hilos rojos de venas, blando al tacto, aunque por debajo de la blandura se notaba una inesperada consistencia, todavía un poco caliente. Lo único que yo veía de la cara de Cecilia eran sus ojos más bellos todavía tras los cristales de las gafas, por encima del filo blanco de la mascarilla. Yo tocaba con las yemas de los dedos, bajo los guantes de látex, la superficie viscosa y por debajo consistente del cerebro e intentaba sin éxito que ella no notara el desagrado que sentía. Cecilia guarda los cerebros de las ratas con las que ha hecho experimentos en un bote de plástico transparente al que pega una etiqueta con un código de barras, como una muestra de sangre.

Luego lo guarda en un gran congelador, en una fila ordenada de botes con cerebros: una enciclopedia, una población ordenada de cerebros casi idénticos, de cerebros congelados en los que quedan luego las huellas del aprendizaje, las señales del efecto del miedo.

Salimos del laboratorio y de la sala donde se almacenan en estanterías metálicas las jaulas de las ratas preparadas para los experimentos. Todo estaba bañado por una tenue luz violeta. Un olor penetrante invadía el aire, a amoníaco, a heces y orines de rata, a las bolitas de pienso. Las ratas apoyaban en el plástico transparente de las jaulas sus patas delanteras, de palmas rosadas y dedos diminutos, con uñas como de recién nacidos, con arrugas de manos humanas. Los ojos eran bolas ínfimas de vidrio rojizo, iluminado por dentro, por la alerta y el miedo, cada animal solo en su jaula, todos oliéndose y oyéndose entre sí, emitiendo quién sabe qué señales de miedo o de petición imposible de auxilio. Noté que hacía mucho frío. Se oía el rumor de los extractores de aire. Cecilia salió del vestuario y era de nuevo y de repente ella misma.

27

Me despierto cada mañana y todavía me parece mentira no tener que ir a una oficina o salir corriendo en busca de un taxi hacia el aeropuerto o pasar varias horas de tortura en una reunión en la que he de fingir que me intereso por todo y entiendo todo lo que se explica y lo que se muestra en diversas pantallas y en carpetas con columnas de números y párrafos espesos de palabrería corporativa. Es asombroso que haya dedicado la mayor parte de mi vida y mis mejores años a ocupaciones agotadoras que en ningún momento, en el fondo de mí mismo, dejaron de parecerme detestables. Yo nunca tuve vocación de hacer lo que hacía. En realidad nunca tuve vocación de nada, salvo de lo que hago ahora, que consiste sobre todo en no hacer nada, salvo tener el apartamento limpio y preparado para cuando llegue Cecilia, sacar de paseo a Luria varias veces al día, comer algo en casa o en alguna taberna cercana, dormir la siesta, leer periódicos en internet, ver la televisión en portugués para que el oído se vaya abriendo a las oscuridades del idioma, quedarme hasta las tantas viendo los informativos de la BBC y de la horrenda Fox News y todo tipo de documentales de naturaleza y de historia casi siempre alarmantes, y algunos de ellos del todo lunáticos, protagonizados por individuos disfrazados de arqueólogos que dicen hacer excavaciones en busca de las huellas de civilizaciones extraterrestres que levantaron las pirámides de Egipto y los megalitos de Stonehenge. Para esto es para lo que yo sirvo. He tardado la vida entera en averiguarlo. O lo supe de niño y se me olvidó al hacerme adulto y solo ahora lo he recordado. Llegué muerto de miedo la mañana que imaginaba que iban a despedirme y cuando salí de allí y pisé la calle, la humillación desapareció de golpe, y con ella la presión de la angustia en la nuca y en la boca del estómago. Bajaba por la acera de sol de Lexington Avenue y tenía toda una mañana por delante. Me quité la corbata y tuve el impulso de tirarla a una papelera, pero era de seda y un regalo de Cecilia y me la guardé en el bolsillo. Mi única pena y el remordimiento que me dura todavía es que la infamia que esa mañana me hicieron a mí se la había hecho yo antes a otros, con palabras semejantes, con vergüenza por dentro, mezclada con vileza, con la esperanza sórdida de que haciendo aquello me salvaba o al menos ganaba tiempo.

No pienso trabajar nunca más. La mayor parte de las cosas que podía comprar con el dinero que ganaba ya no las necesito, y mucho menos las deseo. Cecilia ganará un sueldo digno en ese nuevo instituto europeo de neurociencia donde va a seguir investigando, el edificio blanco más allá de Belém, camino de la desembocadura del río. La extorsión permanente de la vida en Nueva York ya hemos dejado de aceptarla, el precio tan alto que se paga por la simple vanidad de decir que uno vive allí, de decírselo a uno mismo. No tengo hijos que necesiten mi ayuda para salir adelante ni padres ancianos a los que deba sostener. No tengo a nadie más que a Cecilia. No me hace falta nadie más. Fui expulsado de un paraíso de vagancia, ensoñaciones y lecturas a los trece o catorce años, y solo ahora vuelvo a él después de una vida entera de exilio. Yo no había nacido para hacerme adulto de una manera tan irrevocable y para ganarme la vida en trabajos en los que ha habido siempre un sobresalto de competición y de crueldad. Yo era un niño pacífico que podía sacar notas excelentes tan solo porque tenía muy buena memoria y un carácter dócil, propenso al disimulo de las rebeldías secretas. Yo no servía para las competiciones brutales de los deportes masculinos y menos todavía las de la vida práctica, para las responsabilidades que aplastan el pecho en la oscuridad y no dejan dormir, o le hacen abrir a uno los ojos angustiado minutos antes de que suene el despertador. Yo no servía para pelearme en el patio de la escuela ni serví luego para hacerlo en una mesa de reuniones. La única novedad de la vida no infantil que llegó a interesarme de verdad fue el enamoramiento. Yo no servía para nada de aquello a lo que me vi forzado o a lo que me resigné con grados diversos de convicción o de incredulidad. La bondad natural que había en mí no siempre me fue suficiente para resistir al envilecimiento.

Para ser íntegro de verdad me habría hecho falta una fuerza de carácter de la que tal vez habría sido capaz si en momentos cruciales no me la hubiera vetado la cobardía. Hice cosas indignas en defensa de intereses en los que no creía y de ventajas profesionales o beneficios presuntos que ni siquiera pagaban con holgura la bajeza. He visto a hombres hechos y derechos desmoronarse como guiñapos delante de mí cuando he tenido que decirles que estaban despedidos. He compartido una copa de Navidad con un subordinado de la oficina y mientras brindaba con él he sabido de antemano la fecha exacta del nuevo año en la que estaba previsto que perdiera el trabajo. Nada de lo que he hecho o he organizado o dirigido a lo largo de todos estos años ha tenido la menor utilidad verdadera para nadie, salvo para ejecutivos que estaban muy por encima de mí o para accionistas o inversores que ya eran tan ricos que ni notarían la parte mínima de beneficio que yo les agregaba. He sido un rebelde secreto, un ácrata enconado y superfluo, un subordinado no del todo eficiente, porque también la eficiencia es una fantasía, una banalidad corporativa. Me dieron una patada no menos cruda o menos previsible de las que había dado a otros yo mismo y al principio caí en un estado de estupor, en una especie de euforia inversa, de borrachera lúgubre. Habían hecho todas las trampas legales posibles para expulsarme con el menor coste para ellos y la menor compensación posible para mí. Quien hace la ley hace la trampa. De la noche a la mañana me vi en la calle. Que yo me jacte ahora de que no voy a trabajar más es ridículo. No hay un trabajo para el que yo sirva ya y no habrá nadie que vea mi cara y mis canas y quiera contratarme. Los mismos cálculos que había hecho yo para reducir al mínimo los derechos adquiridos y la antigüedad de otros me los aplicaron a mí con mucha mayor astucia y menos miramiento de los que yo había sido nunca capaz.

En sus simulacros de desdicha igual que en los de felicidad la gente imita ahora las películas, o los anuncios y las series de televisión. Yo me negué a salir de la oficina en la Calle 49 y Lexington llevando mis cosas personales y mis fotos enmarcadas y recuerdos en una caja de cartón. No me llevé nada. Tampoco tenía gran cosa en aquel sitio inmundo. Fui a quitar la foto de Cecilia de la pantalla del ordenador y ya me habían cambiado las claves. Eché a andar Lexington abajo y aunque iba por la acera de sol tenía frío porque ya era noviembre. Me había dejado el chaquetón en la oficina. Preferí no volver. Llegué andando a Madison Square y luego a Union Square. La caminata y el sol aliviaban el frío. Me senté en un banco junto a los lunáticos y los indigentes y llamé a Cecilia. Tardaba en responder al teléfono. Estaría sumergida en un experimento. Le mandé un mensaje diciéndole que la esperaba una hora más tarde en la Gramercy Tavern. No en el restaurante, que ni ahora ni antes nos habríamos podido permitir, sino en la zona del bar y el menú restringido. Había a la entrada y entre las mesas ramos enormes con hojas otoñales, rojos y púrpuras de arces, amarillos de ginkgos. Cuando Cecilia llegó yo estaba tomándome un dry martini. El efecto del alcohol no sería tan memorable sin la belleza de la copa cónica, la transparencia doble del cristal y la ginebra, las gotas heladas de condensación en la curvatura del vidrio. La copa en mi mano, el brillo en mis ojos, la ausencia de corbata en un día laborable, ya le indicaban a Cecilia que algo había sucedido, que había un motivo inédito para la celebración. También ella pidió un martini. Tomó un sándwich de salmón ahumado con mostaza sobre pan de centeno y yo un *lobster roll*. Los trozos de langosta blanca y jugosa se mezclaban con la mayonesa y la lechuga picada.

Hay detalles que uno tiene la obligación de no olvidar. Cecilia traía el pelo sujeto en alto de cualquier manera con horquillas y pinzas. El olor de su colonia se mezclaba con un rastro de los olores del laboratorio. Tenía los dedos manchados por una solución química que no había podido lavarse del todo. Estaba arrebatadora. Algo bebido ya con solo unos sorbos de martini y con el sabor tan delicado de la langosta y la mayonesa le dije que me habían echado y que desde aquel momento me dedicaría exclusivamente a no hacer nada y a leer y a escuchar música y ver películas y a vagabundear por ahí y a cocinar para ella y a tomarle la temperatura cuando estuviera enferma y a perfeccionar mis poderes telepáticos para averiguar cualquier deseo o capricho suyo antes incluso de que ella lo sintiera. Nada más decir esto la gente se puso en pie a nuestro alrededor y empezó a aplaudir, todo el mundo, en las mesas, en la barra, todos los camareros. Michelle Obama salía de un comedor privado y cruzaba la sala con una majestad de velero, muy alta, con su resplandor de ébano en la piel, con una gran sonrisa que no era del todo escénica, que tenía algo de embarazo y hasta de timidez, una aceptación generosa y también melancólica, porque Donald Trump había ganado las elecciones unas semanas atrás. La rodeaba un cortejo de trajes masculinos a medida y gafas de marca, un resplandor de aristocracia afroamericana, anillos de universidades exclusivas y siglas de despachos de abogados con placas doradas, hombros cuadrados y audífonos de guardaespaldas. «A ella también le va a llegar pronto el retiro», dijo Cecilia. Miró el móvil y me dijo que tenía que volver al laboratorio. Durante la comida el teléfono le había vibrado con varios mensajes. Salimos del restaurante y de pronto era invierno. En las ventanas de la Calle 18 Este se reflejaba un cielo liso y gris pálido de inminencia de nieve. Le pedí a Cecilia que viniera conmigo. Podíamos tomar un taxi en dirección norte en Park Avenue y estar en nuestra casa en veinte minutos. Estaría empezando a nevar cuando nos metiéramos en la cama. No nos haría falta taparnos gracias a la calefacción insensata del apartamento. Nos quedaríamos dormidos con toda la somnolencia del dry martini y del amor y cuando despertáramos ya habría anochecido. El fulgor de la nieve daría a la calle una claridad de luna llena. Oiríamos desde la cama el raspar de las palas que los porteros de los edificios usaban para mantener despejada la acera. Pero Cecilia había dejado a sus ratas extraviadas en el laberinto de cartón, recibiendo al azar descargas eléctricas, y tenía que marcharse a seguir observándolas. Miró el reloj y me dijo: «Espérame tres horas». Y a las cinco en punto los faros de un taxi traspasaron la nieve lenta y tupida y Cecilia salió de él y alzó los ojos hacia la ventana en la que sabía que yo estaba esperándola.

28

En la BBC dan una entrevista con el historiador Antony Beevor. Es un programa informativo que se emite desde Singapur. Detrás del estudio iluminado en exceso en el que hablan los locutores se ve un paisaje genérico de rascacielos en la noche. Puede ser Singapur o Hong Kong o cualquier otra ciudad gigante del mundo. Puede ser São Paulo o Houston o Bangkok. Los locutores, hombre y mujer, los dos asiáticos, los dos muy maquillados, tienen un brillo de felicidad robótica, de insomnio de jet lag. No sé imaginar cuál es la hora ahora mismo para ellos. En sus caras y en la luz del estudio hay una sugestión de madrugar inhumano. Dice Cecilia que una línea de investigación cerebral en la que está interesado el Pentágono es la de suprimir por medios químicos la necesidad del sueño en los soldados. Antony Beevor tiene toda la pinta de un militar retirado pero todavía vigoroso que fuma en pipa. Cecilia y yo fuimos a verlo una vez en Nueva York, en la Public Library. Con el maquillaje encima y la luz cenital de insomnio reverberando en el mobiliario blanco del estudio me cuesta reconocerlo. Ahora que caigo, también para mí es una hora insensata. El balcón está abierto y entra el aire fresco de las dos o las tres de la madrugada y de la calle y de las otras habitaciones de la casa viene un silencio inmenso. Luria se retiró juiciosamente a uno de sus refugios nocturnos hace varias horas. Hasta las cinco o las seis de la mañana no volverán a pasar aviones. Beevor dice, con un desapego de historiador subrayado por el acento británico, que el cambio climático va a acabar en este siglo con la democracia en Europa. Habla del porvenir con el mismo aplomo que si hablara del pasado histórico que conoce tan bien. Dice que el cambio climático lleva años provocando una sequía irreversible en los países africanos al sur del Sahara: el desierto se extiende haciendo imposibles la agricultura y la ganadería y la gente joven tiene que emigrar. Se sigue oyendo la voz objetiva de Antony Beevor y se ven imágenes de africanos muy jóvenes que saltan la valla metálica en la frontera de Melilla. Hay ahora mismo cincuenta mil subsaharianos en el norte de Marruecos esperando a saltar la valla o a encontrar contrabandistas que les aseguren una travesía del Estrecho.

«La Europa envejecida y asustada no querrá aceptar a tantos emigrantes», dice Beevor. Los dos anfitriones del programa sonríen con el mismo agrado y el mismo interés con que escucharían una crónica deportiva o mundana. Se ve la valla de seis metros de alto coronada por una maraña de alambre espinoso. Pero esos hombres jóvenes y muy delgados y ágiles se alzan los unos sobre los hombros de los otros, los dedos como ganchos de escalada en los nudos del alambre, y las manos protegidas con guantes o envueltas en plásticos o trapos se sujetan a las cuchillas metálicas. Desbordan la valla, los que están ya arriba alzados por los que vienen detrás, y se van descolgando luego por el otro lado. Caen rodando, los más hábiles o más fuertes con las piernas flexionadas, las ropas desgarradas, las manos sangrando en sus envolturas de harapos. Policías y guardias civiles con cascos y escudos se enfrentan a ellos. «Lanzan cal viva contra los policías —dice la voz del locutor—, cizallas, palos, piedras, objetos cortantes, bolas de mierda humana, bolsas de plástico llenas de orines.» «Los europeos votarán cada vez más a partidos racistas y preferirán la demagogia de la seguridad y las fronteras al espejismo desacreditado de la democracia», dice Beevor. El locutor y la locutora le dan las gracias con una sonrisa y miran a la cámara anunciando con la misma jovialidad inexplicable las últimas noticias sobre el tsunami en Indonesia.

29

Te contaré cosas que no sabes. Te llevaré a sitios en los que no has estado nunca. Te enseñaré miradores altos y plazas escondidas protegidas por la sombra extensa de una sola acacia o un solo jacarandá con sus ramos de flores como tulipas azules. Te contaré aventuras del capitán Cook en las islas de la Polinesia, del capitán John Franklin naufragado y perdido en los hielos del Círculo Polar, del barón Humboldt en las selvas del Amazonas y en las laderas de los volcanes de los Andes. Te llevaré a una taberna mínima del Campo de Ourique a probar un arroz con pulpo insuperable. Te guiaré hasta quedarme sin aliento por las cuestas del barrio de Graça hasta llegar al mirador de Nossa Senhora do Monte para que veas desde allí toda la ciudad, los tejados, las torres blancas de las iglesias, el río y el puente, el Corcovado falso o doble, el horizonte que termina al sudoeste en la claridad del mar. Cerraré para ti las ventanas de cristales dobles para suprimir el ruido de los aviones. Exprimiré para ti en la primera hora fresca de la mañana las naranjas más dulces del Algarve y te asombrarás de haberte resignado durante tantos años a las naranjas sin jugo ni sabor de Florida. Haré para ti el café que compré recién molido a un erudito de todas las variedades y las mezclas de cafés que tiene una tienda en una esquina de la Avenida de la República. Te llevaré en el tranvía número 18 por calles y cuestas desconocidas hasta la verja misma del Jardim Botânico da Ajuda, y en el 25 hasta el Botánico tropical de Belém. Pondré para ti la música que teníamos en la otra casa y que nos recuerda nuestra otra vida y la que he ido descubriendo aquí mientras te esperaba: la música africana y portuguesa de Cabo Verde, las polifonías sobrias y solemnes de los coros del Alentejo, tan exclusivamente masculinos y enlutados como los monjes del Monte Athos. Estarán recién puestas en la cama para ti las sábanas de hilo que heredaste de tu madre con los bordados que ella misma les hizo, que Cándida habrá lavado y planchado, extendido, doblado, guardado en el armario con una pastilla de jabón antiguo portugués. Abriré de par en par para ti las puertas de la cocina que dan a la terraza y pondré un mantel sobre la mesa azul en la que encontrarás dispuestas cuando te levantes las tazas y los cubiertos del desayuno, la mermelada y la mantequilla y la jarra de leche, todo lo

prepararé para ti el agua caliente a la temperatura justa para que te sumerjas en ella. Habrá una claridad rubia de poniente para ti si te despiertas muy tarde, o si nos hemos pasado la tarde acostados y empezamos a despejarnos a la caída del sol. Mientras permaneces perezosa y saciada junto a mí yo te contaré cosas sobre la gente de Lisboa a la que todavía no conoces, aunque ellos ya saben tanto de ti que te aceptarán sin fisuras en cuanto se encuentren contigo. Me esforzaré en contarte las cosas con los detalles que tú exiges siempre. Te hablaré de los trabajos verticales de Alexis, del gato-tigre Amadís, del promotor inmobiliario especializado en refugios nucleares. Abriré para ti una botella de vino blanco que lleva no sé cuánto tiempo en la nevera. Llenaré de hielo para ti el cubo metálico plateado que compré para mantener muy frío el vino mientras cenamos. Te desearé a cada momento con una atención dolorosa y extasiada a todos los pormenores de tu cara, tu boca, tu voz, tu figura, tu presencia regresada. Advertiré con gratitud los rasgos que no he sabido recordar bien y los detalles que sean nuevos: quizás una variación en tu corte de pelo que cambie sutilmente tu cara, un nuevo asunto más o menos inalcanzable para mí que ahora te obsesione, un experimento recién iniciado que no sabes a dónde te llevará, o quizás un desastre o un disparate político que te escandaliza. Te mostraré esta casa que es tuya y solo habías visto vacía y en la que he dispuesto para ti las mejores cosas que

peratura, la presión atmosférica, la velocidad de los vientos.

El almirante Byrd confiesa que le apetecía ese experimento de soledad. No solo por el interés científico, sino por el deseo de estar unos meses apartado del mundo, al margen de las obligaciones y de la vida pública agotadora que llevaba. Era un personaje público que tenía que sacar provecho de la celebridad para financiar sus expediciones de aventura científica. Cuando sus compañeros lo dejaron solo en la cabaña, el almirante Byrd revisó todo su equipo y se dio cuenta de que después de tantos preparativos había olvidado dos cosas esenciales: un libro de cocina, un despertador. Había llevado consigo una pequeña biblioteca, un gramófono, discos. Yo me siento en el sillón de leer al lado de la ventana y me sumerjo en el libro igual que el almirante Byrd cuando bajaba la escotilla de su cabaña y se quedaba al resguardo de los terribles vientos helados que podían rugir sin tregua sobre su cabeza durante semanas enteras. En los días anteriores a la caída definitiva de la noche polar el sol era un débil disco rojizo velado por la niebla y por el polvo de nieve que levantaba el viento. Lo angustiaba no tener despertador. Había perdido su capacidad de autosugestionarse antes de dormir para despertar a una hora exacta. Le daba miedo que se averiara su reloj de pulsera y no poder calcular la hora en la noche perpetua. Se esforzaba en distinguir unos días de otros no olvidándose de tachar la fecha en el calendario que había clavado en la pared de la cabaña. Una noche helada y de un silencio sin viento interrumpido a veces por los crujidos profundos de las masas de hielo salió de la cabaña y vio la luna llena rodeada por un arcoíris circular. Vio levantarse ante él en la llanura blanca acantilados de hielo azules y esmeraldas. Le dio terror no saber si estaba dormido o estaba despierto. El cielo se llenaba de las deflagraciones de colores de una aurora austral. Volvió a la cabaña y puso en el gramófono la Novena Sinfonía de Beethoven. Sintió al asomarse de nuevo que la música y las luces eran la misma materia y que se confundían entre sí, que los colores se organizaban y atravesaban el cielo según el fluir de la música y que la música misma irradiaba los colores.

31

En el laboratorio de Cecilia, en unos cubos en el suelo, cubos ordinarios de fregar, había ejemplares de la babosa gigante *Aplysia*, removiéndose despacio en el agua, con un color y una textura de cieno. Ese bicho sumergido en agua de fregar le sirvió al jefe de Cecilia para ganar el Premio Nobel. Una réplica exacta de la medalla y del diploma del Nobel están expuestos en una vitrina a la entrada del laboratorio, cerca del despacho opulento del propio laureado, que tiene un escritorio inmenso, lleno de separatas de artículos científicos, y dos ventanales que permiten una vista de todo el oeste de la ciudad, y sobre todo, muy desde arriba, de Washington Square, de donde sube un rumor débil de gente y de música. Gracias a la *Aplysia*, un animal lerdo que solo tiene quinientas neuronas y un máximo de siete mil conexiones neuronales, el Gran Jefe del laboratorio de Cecilia pudo descubrir los mecanismos moleculares de la formación de la memoria a corto y largo plazo. Cecilia me ha enseñado a aceptar mis lazos de familia genética con las babosas gigantes, las ratas blancas, las moscas del vinagre. En su letargo primitivo la *Aplysia* reacciona al dolor y aprende de las descargas eléctricas. Yo le pregunto a Cecilia qué siente ahora mismo la babosa, cómo percibe el mundo, qué ve y oye y siente y si puede recordar algo, y si duerme y despierta, si sueña. Las ratas sí que sueñan, dice, como todos nosotros, y como la conozco ya sé que con ese plural se refiere a los mamíferos, como sueña Luria, o a esos gatos a los que han vuelto sonámbulos manipulándoles el cerebelo y cazan y se pelean dormidos.

Enseguida me advierte de nuevo contra lo que ella llama el antropomorfismo: es preferible no usar la palabra «miedo» para hablar de lo que siente esta rata en el laboratorio. Pero yo la veo que se encoge en un rincón de su jaula de plástico cuando la mano para ella gigantesca de Cecilia se le acerca. Me indica dónde tengo que poner el dedo índice y noto el latido muy acelerado de su corazón. Me la da en la mano y me advierte que apriete bien para que no se me escape. Es como sujetar el cuerpo desvalido y palpitante de un pájaro. Mientras yo la sujeto Cecilia le pone una inyección en la barriga rosada. El latido en la palma de mi mano se debilita poco a poco. Las patas delanteras ya no

hincan sus uñas perfectamente dibujadas en el látex del guante. En unos segundos la rata está muer-
ta. Cecilia la deposita sobre una lámina de metal
junto a la que tiene preparados sus instrumentos
diminutos de cirugía. Le digo que la esperaré en el
parque hasta que termine la disección del cerebro.
Dejo con gran alivio en un cubo de reciclaje la bata
desechable, las calzas, el gorro, los guantes, la mascarilla. Ni en los laboratorios ni en los corredores
estrechos que los comunican entre sí hay ninguna
ventana. Todo el espacio y todas las ventanas están
en el despacho del premio nobel, que sonríe en pleno éxtasis de gloria en una foto de marco dorado
sobre la vitrina del trofeo. Los compañeros de Cecilia ya me conocen y me saludan con inclinaciones
de cabeza o me ignoran. El frío del trato humano del
laboratorio es casi equivalente al de los frigoríficos
en los que se conservan los cerebros congelados de
ratas. Es más difícil orientarse en los corredores que
en los laberintos de cartón.

En el camino de salida empujo una puerta que no
es y me encuentro en un pasillo que se parece a
los que se ven en los documentales de prisiones:
estrecho, con las paredes de bloques prefabricados,
con una hilera de celdas enrejadas a un lado. Al
fondo hay colgado un ventilador anticuado y muy
ruidoso y un televisor sintonizado con la CNN.
Las celdas son dos filas superpuestas de jaulas. Den-

tro de cada jaula hay un mono. Todos tienen el pelo erizado y los ojos muy grandes y pulseras de identificación en la muñeca derecha. Varios de ellos miran la televisión asomando las cabezas entre los barrotes. En la pared frente a la jaula hay una fila de espejos. Algunos cráneos están parcialmente afeitados, con cicatrices visibles, con vendajes. Los monos que no miran la televisión se observan en los espejos. Otros tienen la mirada perdida, con una pesadumbre definitiva de presidiarios. Uno de ellos se ha vuelto hacia mí. Sus largos dedos prensiles con uñas del todo humanas sujetan los barrotes delante de su cara. El mono me mira con una expresión de rencor y de tedio. Gruñe algo y golpea los barrotes y otros monos dejan de mirar la televisión y se vuelven hacia mí. El suelo es de linóleo. El aire huele a mierda y a orines. Un empleado de laboratorio que lleva una bata como de celador de psiquiátrico abre la puerta y me dice que está prohibido entrar aquí sin autorización. Los monos han vuelto a mirar la televisión o el vacío. El que se fijó primero en mí me sigue observando en el espejo. No aparta su mirada de mí. Salgo luego a la calle, al aire libre y frío, a Washington Square, pero los ojos del mono me parece que no dejan de seguirme. Sentado al sol débil en un banco espero a Cecilia escuchando a unos músicos a los que ya he visto otras veces aquí, saxo tenor y batería, tan sumergidos en la música como si tocaran en un club y hubiera un grupo de gente entregada y respetuosa a su alrededor.

bajo las bóvedas de ladrillo del edificio General Electric. Era un río humano lo que me empujaba y me llevaba, una ciudad transportada en una cadena de montaje, un impulso de urgencia unánime en el que muchas veces se me olvidaba quién era, qué hacía yo allí. Nadie me había forzado a estar en la ciudad. Fui yo quien buscó ese trabajo y quien lo deseó tan vivamente como si su felicidad y su porvenir dependieran de eso. La ciudad que me había estimulado tanto cuando la visitaba me aturdía y me angustiaba ahora que vivía en ella. Iba de una obligación a otra sin fijarme bien en nada y muchas veces sin enterarme bien de lo que me decían.

Fingía seguridad contestando con aplomo a preguntas que quizás solo había comprendido parcialmente, o que ni siquiera había oído bien. Había tenido la vanidad de creer que dominaba el idioma e incluso la maña de hacer que lo creyeran. Desde que era un niño estudioso en la escuela supe usar la destreza instintiva de fingir que sabía más de lo que sabía en realidad. Ahora me esforzaba en imitar sin éxito las grandes sonrisas de mis interlocutores en las reuniones. Incluso medía el momento de unirme a una carcajada general celebrando un golpe de ingenio o el desenlace de una anécdota que no había pillado. En cuanto hacía un poco de sol me sentaba en el descanso del almuerzo a tomarme un sándwich y un refresco en la escalinata de la iglesia de St. Bart's, en Park Avenue, o en los bancos junto al edificio Sears de Mies van der Rohe, de mármol verde oscuro. Las llamadas de teléfono eran terroríficas. Por teléfono me costaba más todavía enterarme de algo. Hablaba y me comprendían pero si me contestaban rápido podía perder una gran parte. Me mareaba y me amedrentaba la rapidez de todo, la impaciencia irritada de los camareros en los restaurantes y de las cajeras en los supermercados, el modo abrupto en que terminaba una conversación que hasta un momento antes había parecido relajada y hasta cordial. Sin que nadie hubiera mirado el reloj, el tiempo estaba tan medido que todo el mundo se levantaba unos minutos antes de haber completado una hora. Se levantaba alguien de golpe y un momento antes de salir por la puerta ya estaba en otra parte.

Me desconcertaba la mezcla de amabilidad efusiva y crudeza inflexible. Las mujeres vestían trajes de chaqueta y zapatos negros de tacón y gafas de pasta y hablaban con un acento preciso y metálico. Ascensores tan veloces que dolían los oídos al subir en ellos me llevaban a los pisos más altos de edificios de oficinas que tenían muros enteros de cristal. El suelo mal asfaltado y lleno de socavones de las calles temblaba con la vibración cercana de los trenes del metro y de las excavadoras y las taladradoras que levantaban edificios casi a la misma velocidad con la que antes los habían derribado. Detrás de vallas metálicas se entreveían excavaciones de cimientos tan profundas como cráteres. Yo vivía con el miedo a ser descubierto de un momento a otro en mi impostura y en mi incompetencia, de ser expulsado sin ceremonia. En las madrugadas laborales de invierno me despertaba con un sobresalto en la oscuridad mucho antes de que sonara el despertador. Por la ventana veía perfilarse las torres oscuras en las que empezaban a encenderse luces. En el cuarto de baño la cortina de plástico de la ducha brillaba bajo una cruda luz penitenciaria. Por delante yo tenía el esfuerzo físico inmenso que hacía falta nada más que para enfrentarse al tamaño y a las dificultades prácticas de la ciudad: las distancias, los trenes ruidosos y atestados del metro, las escaleras, la obligación continua de abrirse paso y no ceder un milímetro, el fragor incesante de fábrica del Midtown. Por la noche llegaba al apartamento amueblado en el que viví los primeros meses y me derrumbaba en el sofá delante del televisor. Iba a un concierto o al cine y me quedaba dormido. Me quedé dormido bochornosamente una vez que Cecilia daba en el Instituto Cervantes una conferencia sobre sus investigaciones que había preparado muy a conciencia.

Me he levantado a las cinco de la mañana en enero para ir en taxi a La Guardia y tomar un vuelo de varias horas hacia otro aeropuerto en medio de un desierto de nieve y no he llegado a salir al exterior porque la reunión o el seminario de un día entero se celebraba en un salón enmoquetado, en un hotel junto a la terminal. El aire recalentado olía a grasa de *fast food*. En lo más cerrado del invierno iba hacia el trabajo antes del amanecer y a las tres de la tarde miraba hacia la calle desde la ventana de la oficina y ya era de noche, y yo no tenía el menor recuerdo de haber visto la luz del día. Los viernes por la tarde salía mareado de felicidad, ebrio de antemano, por los dos días enteros de libertad y de holganza que se ensanchaban por delante. La felicidad duraba hasta la primera hora de la tarde del domingo. Habíamos entrado Cecilia y yo a un restaurante con luz matinal y al salir a la calle había ya una pesadumbre adelantada de lunes. Pero lo peor de todo era haber ido al cine en pleno día y encontrar la noche nada más terminada la película. No había sentido una tristeza así desde las tardes de domingo de los trece o catorce años cuando a la mañana siguiente me esperaba un lunes sórdido de colegio de curas. No había noche más tenebrosa que la noche del domingo.

Leía por la mañana, en el metro, si encontraba un asiento libre, o si la gente apretada y hosca a mi alrededor no me impedía tantear la cartera o el bolsillo en busca del libro para leerlo de pie, sujeto a una barra vertical, o en caso extremo apoyando una mano en el techo para mantener el equilibrio. Leía los poemas que publicaba en esa época la cadena Barnes & Noble entre los anuncios de los vagones. Leía durante la hora del almuerzo cuando no tenía ningún compromiso o no iba a encontrarme un rato con Cecilia. Era un adicto condenado a la escasez. Si tenía un poco más de tiempo después de comer me iba a mirar libros y discos al Barnes & Noble de la Tercera y la 54. Leía al salir del trabajo, a pesar del cansancio, de vuelta a casa. Leía poemas porque el apuro de tiempo exigía concisión. «*The quick fix of poetry*», decía mi amigo Dan Morrison, más experto que yo en las velocidades y las angustias laborales de Manhattan, y mucho más preparado para ellas. En medio de todo disfrutaba en secreto de cada palabra y expresión y matiz nuevo del idioma que iba aprendiendo. El «*quick fix*», el subidón rápido que me daba la poesía, era más eficaz por ser tan comprimido, una fisura breve de aire limpio y tiempo detenido en el vértigo sin pausa de las obligaciones.

33

Ha saltado como un disparo el timbre del teléfono en el silencio de las nueve de la mañana. Al principio no sabía quién era y no entendía el idioma. He pensado que era un error y ya iba a colgar con el corazón sobresaltado cuando he reconocido la voz que decía mi nombre. Es Dan Morrison y dice que llama desde el aeropuerto. Aturdido todavía le pregunto qué aeropuerto y me dice que el de Lisboa, que acaba de aterrizar, que está de paso y viene a visitarnos tal como me prometió el otro día. Yo asiento por educación pero no me acordaba de ninguna promesa y ni siquiera de haber hablado con él hace unos días. El habla de Nueva York estalla en mi oído deshabituado como el timbre de un despertador antiguo. Dan habla muy alto en medio del tumulto de la terminal de llegadas. Mi comprensión es más lenta porque hace no sé cuántos días que no hablo con nadie, y menos a esta hora, y porque el cerebro tarda unos segundos en saltar al inglés. Dan Morrison habla muy rápido, urgido por su determinación americana y neoyorquina de hacer cosas y de hacerlas exactamente como a él le da la gana. Ser americano es ir sin miedo por el mundo. Sea dónde sea habrá gente que se desviva por hablarte en tu idioma. Tu pasaporte azul con el águila dorada es un ábrete sésamo gracias al cual atravesarás sin dificultad ni dilación todos los puestos fronterizos, a diferencia de cualquiera que intente hacer lo mismo en su país, aunque venga provisto de todo tipo de visados y *green cards*. La embajada o el consulado velarán oficialmente por ti en cualquier aprieto en que puedas encontrarte. En el caso extremo en que te secuestren unos forajidos islamistas habrá un destacamento aerotransportado de Marines que te rescate con un helicóptero. Dan Morrison acaba de llegar de Nueva York y tiene que continuar viaje esta tarde hacia no sé dónde. En estos primeros minutos de conversación por teléfono se me escapan palabras, nombres propios sobre todo. Eligió un itinerario con parada en Lisboa para venir a vernos, aunque solo sea el tiempo justo para darnos un abrazo y comprobar cómo estamos, «*to check up on you guys*». Al final no podrá quedarse hasta mañana, como me había prometido. Yo le digo que no me acuerdo de tal promesa. Dice que ha estado haciendo tiempo antes de llamar para no perturbarnos en la pereza europea que a estas alturas ya habremos recobrado. Muy torpe

alquilado un coche, ha conectado el GPS, ha tecleado en él la dirección de mi casa a la vez que conducía y que hablaba conmigo, y menos de media hora después dobla una esquina de este barrio laberíntico y aparece con toda tranquilidad en lo alto de mi calle. Hizo un doctorado en Física teórica y trabajó muchos años como analista en una compañía financiera. Con la crisis de 2008 se encontró de la noche a la mañana en la calle. Fundó una pequeña empresa de apicultura urbana. Instalaba panales en terrazas de edificios y en huertos comunitarios y organizaba luego la recogida de la miel y el transporte de las abejas para la polinización de cultivos. Se había aficionado a la apicultura en su infancia rural en North Carolina. El negocio iba bien, pero avanzaba despacio, y las tareas de gestión de los panales eran más complicadas de lo que Dan había imaginado. «También las abejas están en peligro de extinción», decía melancólicamente, acordándose de las epidemias bíblicas con que su padre lo amenazaba desde niño. Vendió el negocio ventajosamente y empezó de cero como agente inmobiliario. Los americanos no tienen miedo de nada.

Lo conozco y sé que en cuanto llegue querrá inspeccionar cada esquina del apartamento. Estará dispuesto a ir sin ninguna necesidad al cuarto de baño para investigarlo al detalle. En la página web de la compañía inmobiliaria hay una foto de Dan en la que parece un galán sonriente de televisión de los años cincuenta. Los agentes inmobiliarios de Lisboa también se anuncian ahora con fotografías de grandes sonrisas. Dan dice que sueña con abandonarlo todo, *«Drop out of the rat race»*, dice, que me admira por el valor que tuve yo al hacerlo. Yo le recuerdo que no me hizo falta valor ninguno porque me echaron, pero no me hace caso. Dan Morrison se mueve tan rápido de un tema a otro en una conversación como cuando va de una habitación a otra en los apartamentos que enseña, escondiendo muy rápido cualquier detalle negativo o desagradable, cerrando una puerta que él mismo había empezado a abrir y en la que hay algo que puede inquietar o disuadir al comprador. Asomado al balcón, lo he visto salir del coche con las gafas de sol, el teléfono en la mano, una bolsa al costado, un ramo de flores. A una cierta distancia parece más joven. Luria se ha asomado conmigo. Su entusiasmo por la novedad y sobre todo por la presencia humana ya le advierte de algo. El destino que vela por el bienestar de cada americano en el extranjero ha previsto un espacio libre delante de mi casa para que Dan aparque sin dificultad. Luria ya está montando guardia en la entrada. Los pasos de Dan suenan con un ritmo gimnástico en los primeros peldaños. Luego se van volviendo más lentos. Ni la vitalidad americana es inmune a las cuestas y a las escaleras empinadas de los edificios sin ascensor de Lisboa. Estoy tan habituado a la soledad que cualquier llegada me perturba. Miro la puerta y el corazón me late tan rápido como a Luria. Mientras los pasos suben miro a mi alrededor para asegurarme de que todo en la casa está en orden.

Dan trae consigo de golpe las palabras, las entonaciones, los giros, la música rápida del inglés de Nueva York, sonidos que yo no sabía que hubiera añorado tanto. Me da dos besos y un abrazo a la vez caluroso y rígido, de americano adaptado hasta cierto punto a las efusiones físicas de la amistad española. Dan tiene un *partner* de Madrid y un sueño persistente pero también siempre postergado de casarse con él, vivir en España, adoptar la nacionalidad. Quiere que Cecilia sea su madrina de boda y yo su sponsor cuando solicite la ciudadanía. Luria se le ha subido en brazos de un salto y él se deleita dejándole que le lama la cara. Luria sí que se ha acordado de él, dice, ya adentrándose por el pasillo y mirando a su alrededor con agudeza de experto: no como nosotros, que no lo hemos llamado ni enviado un solo mensaje desde que nos fuimos, ni Cecilia ni yo, «si te he visto no me acuerdo», dice, satisfecho de usar una expresión española, *«out of sight, out of mind»*. Le pido que me deje el ramo de flores pero dice que lo ha comprado para Cecilia y solo se lo dará a ella. Dice que lo ha emocionado ver nuestros dos nombres juntos en el buzón. ¿Todavía manda cartas postales la gente en la vieja Europa? Le digo que Cecilia no está. Le digo que ha ido a Oporto, a un congreso, y que va a quedarse hasta el fin de semana. «¿Todavía trabaja con esas ratas tan desagradables? *Those disgusting little rats?* Trump ha empezado a llamar ratas a sus adversarios —dice—, ratas y perros, *rats and dogs*.» Dan me entrega por fin el ramo de flores y se queda quieto al entrar en el salón. Su cara y sus gestos formales de bróker inmobiliario adquieren a veces, sin aviso, afectaciones de gay de otra época: la cara vuelta a un lado, la mano derecha moviéndose como en un vuelo, cayendo de pronto al doblarse como sin fuerza la muñeca. En los años ochenta Dan Morrison sobrevivió a la muerte del hombre al que todavía recuerda como su gran amor y a la de la mayor parte de las personas a las que conocía. El Village era un territorio maldito de muertos ambulantes.

Veo lo que está viendo ahora mismo: los muebles del apartamento de Nueva York que él nos ayudó a encontrar y luego a vender, y en el que estuvo como invitado tantas veces; los cuadros, las esculturas de madera que compraba Cecilia en las ferias de folk art, ahora en este espacio más diáfano, con los dos balcones abiertos a la luz de la mañana. Hace ademán de respirar hondo, la mano derecha sobre el pecho. Cierra los ojos un momento, y vuelve a abrirlos. Está actuando y está siendo sincero. Otras personas solo actúan. Dice que es como estar en nuestra otra casa; no estar del todo en Nueva York, sino estar al mismo tiempo aquí y allá, antes y ahora, en Nueva York y en Lisboa. Me gusta de Dan Morrison que a pesar de su afectación se fija de verdad en las cosas. Aprecia el color de la pintura en las paredes, el mismo azul pálido, que me costó tanto encontrar aquí. Respira hondo de nuevo y se le hincha el torso fornido de gimnasio. Dice que desde el momento en que ha entrado ha sentido el mismo olor, no el olor, se corrige, la misma atmósfera que cuando iba a cenar a nuestra antigua casa y Cecilia o yo le abríamos la puerta, con Luria al lado, saltando elásticamente hacia él. «*A proustian moment*», dice. Dice que aquí se nota más todavía la presencia de Cecilia: Cecilia es de esas personas que siguen estando en los lugares de los que acaban de marcharse. Hacia cualquier lado que mire la ve a ella. Reconoce una máscara africana que Cecilia compró un domingo por la mañana, en uno de aquellos mercados de antigüedades que había entonces en garajes, en las calles veintitantos, en torno a la Sexta Avenida, antes de que todo se convirtiera en torres de apartamentos de lujo. «Tú viniste después», se acuerda. Estuvimos comiendo en aquel sitio de Union Square, The Coffee Shop, que era como cualquier otro restaurante, pero que tenía una decoración extraordinaria y solo contrataba a camareros bellísimos —dice Dan—, hombres y mujeres. Llevaban las bandejas como oficiantes, como sacerdotisas, severos en su belleza sin falta, inaccesibles, misteriosos. Seres así de bellos vio él convertirse en espectros en el curso de unas pocas semanas, en los años atroces de la gran epidemia. Vuelve aquella mañana helada, cuando llegué al Coffee Shop y Cecilia sacó la máscara africana de una bolsa de plástico, con un gesto de triunfo. Vuelve el sol como polvo suspendido en el aire muy frío, el amarillo de las calabazas y de las hojas de los árboles, los cajones llenos de manzanas fragantes, las calabazas amarillas y naranjas apiladas bajo los toldos en los puestos de los granjeros de Union Square, en los primeros días fríos y dorados de finales de octubre, en vísperas de Halloween hace cuánto tiempo.

Dan Morrison se inviste sin esfuerzo de toda su solvencia profesional para evaluar la casa, y al mismo tiempo para sumergirse en la dulzura melancólica del reconocimiento, lo que él llama «*this déjà-vu thing*». Lo mira todo mientras me escucha contarle algo, incluso mientras habla, y su percepción de la belleza se combina con un ojo experto de tasador. Dice burlándose que me ha descubierto, me ha desenmascarado; pensaba que Cecilia y yo habíamos venido a Lisboa para retirarnos del mundo y ahora comprende que nos hemos mudado a una capital del negocio inmobiliario: «*a real estate boom town*», dice, porque esta mañana, en el aeropuerto, mientras esperaba a una hora razonable para lla-

ganar una comisión. En Nueva York todo el mundo habla y actúa interpretando su propia vida, su personaje en el limitado reparto neoyorquino, unas veces delante de los demás y otras delante de uno mismo. Dan Morrison es mi amigo y tenía muchas ganas de verme pero también tiene en marcha un reloj interior que avisa del fin del tiempo que hay que dedicar a cada encuentro, profesional o de amistad o de amor. He preparado un café —«*milk, no sugar*», me instruye de inmediato Dan— y nos hemos quedado un rato en silencio, sentados en el salón, a media mañana de este día de agosto que va a ser muy caluroso. Me doy cuenta de que ocupamos las mismas posiciones que cuando Dan venía de visita a la otra casa: él en el sillón de lectura, yo en una esquina del sofá. Dan Morrison saborea el café portugués suave y perfumado que le he ofrecido tan a conciencia como el silencio de la casa, de la calle y el barrio. Es una interpretación y es verdad. Dice que en Nueva York nunca se disfruta un silencio así. Tiene un aspecto general de hombre joven, una formalidad de ejecutivo de los años ochenta, una naturalidad, esta mañana, con su polo abierto y sus zapatillas, de veraneo de bohemia gay en Fire Island. Al mirarlo de cerca se advierte que va haciéndose mayor. Ha envejecido en el tiempo que llevaba sin verlo. Ha buscado en su bolsa y me ha dado una invitación para una soirée a la que dice que lamentándolo mucho no podrá asistir, en un palacio de Lisboa, un palacio del siglo XVIII, dice,

York lo adiestra a uno contra todo romanticismo, incluso si ha sido por romanticismo por lo que uno ha llegado a Nueva York. Salvo en unas semanas de otoño, el clima es despiadado. Se te queda la mirada perdida en un andén del metro una noche que vuelves tarde a casa después de una cena sabrosa o de un buen concierto y ves entre las vías una rata gigante. Si no dejas propina suficiente en un restaurante el camarero o camarera que un momento antes te sonreía y te alentaba a llamarlo por su nombre saldrá furioso a la calle detrás de ti exigiéndote una explicación y al menos el quince por ciento de la cuenta. El taxi libre que pensabas que venía dócilmente hacia ti te lo arrebatará en tu misma cara una señora que se te ha puesto delante en la acera. Si no bajas rápido las escaleras del metro te apartará de un codazo alguien que tiene más prisa que tú. El ojo experto educado en Nueva York descubre enseguida la parte negativa o mezquina de lo que en apariencia es impecable. En la media hora que Dan Morrison lleva extasiado en el apartamento ya ha hecho la lista completa de sus inconvenientes: la falta de ascensor, de aire acondicionado, de un suministro ilimitado de cubitos de hielo en la nevera, el ruido de los aviones. Le leo el pensamiento. Dice que tiene miedo de seguir viajando por Europa con esta ola de calor que acaba de empezar y sobre la que no para de leer vaticinios alarmantes. En los pasillos del JFK había carteles avisando de un brote de peste en Madagascar. Cuando era niño estaba convencido de que las trompetas del Juicio Final iban a sonar en cualquier momento. Cuando había huracanes su padre tapiaba todas las puertas y las ventanas con planchas de madera y él se imaginaba que los golpes del martillo sobre los clavos eran como los que daría Noé construyendo el Arca. Arreciaban la lluvia y el viento y se iba la luz y el padre de Dan leía el Apocalipsis a la luz de una linterna rodeado de toda la familia. Una de las últimas cosas que dijo su padre antes de caer en el delirio de la agonía fue que no quería ver a ese primogénito que lo había deshonrado y que no lo perdonaba. Dan había viajado desde Nueva York y estaba al otro lado de la puerta del dormitorio, cerrada para él.

Su compañero, marido muy pronto, es ejecutivo en una cadena de hoteles y anda siempre de viaje por lugares lejanos del mundo, Singapur, Sydney, Tokio. Dan pasa mucho tiempo solo en Nueva York. Medio en broma cita un verso de Philip Larkin: «*I work all day and get half drunk at night*». Se acuerda de su gran amor muerto hace veinticinco años y se le llenan los ojos de lágrimas. Las lágrimas bajan sin contención por su áspera cara anglosajona. «*The most beautiful man I ever laid eyes on*», dice, con la poesía objetiva de las expresiones, el hombre más bello en el que se posaron nunca sus ojos. Busca un pañuelo de papel y se suena la nariz. Luria lo mira desde la alfombra con una expresión de condolencia y dulzura. Por un momento, en esta mañana de Lisboa, Dan Morrison es un hombre mayor que se encuentra perdido. Tal vez hay formas extremas de desarraigo que son únicamente americanas. He traído una jarra de agua en la que he volcado una bandeja entera de cubitos de hielo. Dan se abanica con el periódico, se limpia la cara con otro pañuelo de papel, traga saliva y la nuez resalta más en su cuello.

Dice que nos echa mucho de menos; que cuando va por el barrio donde fuimos vecinos se acuerda siempre de nosotros: las comidas de los sábados en Henry's, donde tocaba un dúo de jazz, guitarra y contrabajo, el mostrador de la panadería Silver Moon, el ají de gallina y el pollo asado en el chino-peruano, La Flor de Mayo, los puestos de libros de segunda mano en los que algunas veces nos encontrábamos curioseando, la tienda coreana de la esquina donde Cecilia compraba las flores, la barra del japonés barato, sabroso y diminuto que parecía una cueva poco iluminada. Dice que pasa junto al ventanal de Henry's o de La Flor de Mayo y que le parece que nos ve dentro, a Cecilia y a mí, como cuando pasaba por la acera y nos veía y entraba a saludarnos, y se quedaba a tomar algo con nosotros, o nos veía tan absortos en nuestra conversación que prefería no molestarnos y pasaba de largo.

esos días nublados y de calor húmedo en el que se vuelve irrespirable el aire en los túneles, empapado de sudor, con el traje y la corbata, la camisa adherida a la piel. En el andén había mucha gente, una multitud, porque los trenes llegaban con mucho retraso. Un indigente tirado en un banco y envuelto en harapos y bolsas negras de basura despedía un hedor a orines y a vómitos que lo invadía todo. Sonó un aviso por los altavoces destartalados y al poco rato se fue acercando muy despacio un tren. Todo el mundo empujaba para situarse lo más cerca posible de las puertas cuando se abrieran. El tren venía lleno, como era previsible, y Dan se preparó para el momento en que tendría que intentar incrustarse en un muro compacto de cuerpos sudados. El tren frenaba, con gran estrépito de metales, y la gente se amontonaba cada vez más empujando por la espalda a los que estaban delante. Frenaba pero no paraba. Por los altavoces alguien daba a gritos instrucciones que no podían entenderse. «Yo estaba en el filo del andén, y el tren pasaba muy despacio, y se veía a la gente apretujada en el interior, los cuerpos pegados a las ventanillas y a las puertas, algunas caras mirando hacia afuera.» Dan Morrison bebe un trago de agua, desalentado por no encontrar cubitos en el fondo del vaso. Se abanica con el periódico. Es como si estuviera en ese andén de bóvedas cavernosas de la línea C. «Y entonces me pareció que veía a Cecilia. Te juro que por un momento me pareció que la veía como te veo ahora mismo a ti, pasando a mi lado, detrás de la ventana, la cara muy cerca del cristal. Hasta le hice un gesto de saludo con la mano. Ella me miró a mí, o por lo menos hacia donde yo estaba. Aquella pobre mujer debió de pensar que yo era un loco o un maníaco, por cómo la miraba. Ni siquiera llevaba el pelo como Cecilia, ni del mismo color. No es por halagarte, pero tu Cecilia es mucho más guapa. Un momento después ya había pasado el tren y yo seguía esperando y sudando, con mi traje y mi corbata, mi cartera en la mano. A ti también creo verte a veces. Os echo tanto de menos que veo vuestros fantasmas por la calle.» Se queda en silencio, con el periódico en la mano, sin abanicarse. Ha caído en la cuenta de algo. A quien ya no ve nunca, dice, ni siquiera en sueños, es a Marty. Ya no sabe cuánto tiempo hace que no sueña con él.

34

Ahora me doy cuenta de que habría debido llevar un registro de las fechas, alguna forma de diario, aunque fuera esquemática. No sé si es prudente para mí dar por supuesta la sucesión ordenada de los días. Dice Cecilia que la conciencia del paso del tiempo es muy probable que sea otro de los espejismos cognitivos del cerebro, como la percepción de los colores, una ilusión, en el sentido de engaño que tiene la palabra en inglés. Recolecto fechas exactas en periódicos que he ido comprando de tarde en tarde y que no he llegado a tirar, y en las facturas que me aparecen en el correo electrónico, aunque la verdad es que no siempre las abro. Tengo otras facturas impresas que no he extraviado, y que me dan referencias indirectas sobre hechos asociados a las compras que he ido haciendo. Tengo, o debo de tener en el archivador, la fecha de la compra de la televisión, por ejemplo. Me acuerdo bien de la

dormitorio. Por el modo en que se arrastran serán los pasos de un hombre muy viejo. Por culpa de ellos me despierto algunas veces a las tres o las cuatro de la madrugada. Me despierto y al oír los pasos creo durante unos segundos que estoy en la otra casa, porque allí había otro vecino insomne que saboteaba cada noche el sueño difícil de Cecilia, y por lo tanto el mío. El despertar, la oscuridad, el silencio, los pasos. Cuando los datos de la realidad son tan idénticos entre sí cuesta más situarlos en el espacio y en el tiempo. No es un pensamiento mío. Lo dice un exmonje en un libro de memorias que he encontrado en la biblioteca, y que no recordaba haber comprado. Por fortuna hay un recibo del pago con tarjeta entre las páginas, con el nombre de la librería Book Culture de la Calle 112, a la que íbamos tantas veces Cecilia y yo. El monje dice que la repetición exacta de las tareas diarias en un lugar cerrado que no cambia nunca inmoviliza el tiempo y hasta llega a suprimirlo. Cecilia tendrá una explicación neurológica para eso. El entorno inmutable de la vida monástica y el orden ritual de cada uno de los actos del día forman una campana de vidrio o un templo, una ciudadela separada del mundo exterior y de las cosas cambiantes. Yo leo el libro y estoy en la celda del monje, igual que estoy otras veces en la cabaña enterrada en el hielo del almirante Byrd y en la cabina de techo bajo del buque *Endeavor* en sus travesías por los mares del Sur, o en la del *Beagle*, costeando las orillas tormentosas y desiertas de la Patagonia. Lo que hacen el capitán Cook en su cabina, Charles Darwin en la suya y el almirante Byrd en su cabaña es llevar con puntualidad un diario, consignar cada día los datos meteorológicos, determinar posiciones en mapamundis. Cecilia dice que en la reclusión del laboratorio también es muy fácil que desaparezca el sentido del tiempo. Me acuerdo de las ratas durmiendo de día en sus jaulas de plástico, en una penumbra de claridades infrarrojas, y de los monos presos detrás de los barrotes, algunos con las cabezas vendadas después de haber sufrido trepanaciones para experimentos, vueltos hacia el fondo del corredor carcelario, hacia la pantalla de la televisión que no se apagaba nunca.

35

La noche del eclipse de luna es también la de la visita al palacio. Todo es más fácil cuando las cosas se encadenan unas con otras. Así se disparan sucesivamente los laberintos de las neuronas. Descargas químicas, pulsaciones eléctricas muy débiles que sin embargo se escuchan como breves golpes secos cuando son amplificadas. Salí de casa al atardecer pero aún hacía mucho calor. El aire sin viento se estremecía en oleadas ardientes. Me acuerdo mejor porque también me acuerdo de que por primera vez en no sé cuanto tiempo salía a la calle con pantalón largo, zapatos, camisa, americana, no con las camisetas y las alpargatas o las zapatillas de deporte de mi vida de náufrago rodeado de comodidades. Llevaba en el bolsillo la tarjeta impresa con cierto lujo que me había dado Dan Morrison. Atravesar el centro de Lisboa inundado de turistas era como haber llegado a otra ciudad.

costaba levantar. Era un edificio al mismo tiempo imponente y anónimo. Había un timbre a un lado, pero no un altavoz de portero automático. Pulsé el timbre y no oí nada. La puerta era tan recia que no parecía que pudiera atravesarla un sonido. Tuve que empinarme para golpear el llamador. La puerta se abrió con el sonido de un resorte. Era muy pesada y costaba empujarla. Había una gran bóveda de cañón sobre una escalinata de peldaños bajos y anchos, de piedra muy pulida, como en un palacio italiano. Otras personas en las que hasta ese momento no había reparado entraron detrás de mí. Conversaban y reían con cierto nerviosismo, en una mezcla vaga de idiomas, portugués, español, inglés. Me halaga pensar que vivo como un náufrago en una isla desierta, pero me alivió ver que iban vestidos con un grado prudente de informalidad más o menos semejante al mío. Eran varias parejas y acababan de conocerse. Tenían en común una cualidad internacional y difusa de lo que en España se llama pijos. Me convertí en el guía involuntario del grupo. No sabía hacia dónde llevaba la gran escalinata pero los otros me seguían. Una doncella de mandil blanco y cofia apareció en el rellano. Nos condujo por señas hacia una especie de vestíbulo y a continuación desapareció sin que se supiera por dónde. En el vestíbulo había un facistol barroco y sobre él un libro de canto gregoriano abierto por la mitad e iluminado por un foco muy fuerte. Otro foco iluminaba lo que me

bres cuadros barrocos de santos y mártires, todos ellos de segunda y hasta de tercera fila, desechos innecesarios de conventos. Había sobre todo esculturas, todas de chapa amartillada y pintada de colores fuertes, como de carrocerías de coches de los años cincuenta, entre figurativas y abstractas, ni una cosa ni la otra, montadas sobre pedestales, iluminadas por focos muy fuertes. «Cada pieza vale una millonada —dijo la rubia—. Fue a Miami Basel y lo vendió todo.» No era la misma rubia que nos había hecho salir del encierro y el encantamiento en el primer vestíbulo. Hay rubias repetidas, incluso en las voces de aspereza fumadora y el bronceado como de terracota. Otro de los hombres que yo no llegaba a distinguir me dijo confidencialmente: «Ya era rico pero ahora se está haciendo de oro. Hay listas de espera para conseguir una de esas esculturas». Poco a poco deduje que quien se estaba haciendo de oro, el autor de las esculturas, era también el dueño del palacio. En otro momento oí que hablaban con admiración y nostalgia de una estrella del pop que se había retirado en plena juventud, «en la cumbre», dijo una de las rubias. La estrella del pop había hecho en los años ochenta una fortuna multiplicada desde entonces sin el menor esfuerzo por su parte gracias a los royalties de las canciones que seguían escuchándose en todas partes, en España y en América, en media Europa, en China, «auténticos himnos generacionales», dijo otro de los invitados, no el mismo que me había pregunta-

do, no sin suspicacia, si yo era amigo de Bob, poniendo instintivamente en duda la legitimidad de
mi presencia. Pero ahora era más rico todavía, «in-
mensamente rico», precisó alguien cerca de mí en
voz baja de entendido, gracias al éxito de su segunda carrera, la nueva vocación que había descubierto al retirarse de la música, al reinventarse como
escultor. «Lo vende todo. En Nueva York, en Mos-
cú, en Shanghái. Ha comprado un antiguo taller de
metalurgia en Sheffield. Tiene un ejército de operarios trabajando para él. No da abasto.»

Según avanzábamos por el palacio y se dilataban
corredores y salones también se hacía más nume-
roso nuestro grupo. Ahora habíamos llegado a un
comedor de dimensiones feudales, con una chimenea labrada en piedra y una mesa muy larga ya cubierta por un mantel, con cubiertos y copas, bajo
una araña de hierro forjado y aire también medieval en la que las bombillas estaban ocultas artística-
mente bajo imitaciones en plástico de cirios a medio derretir. Al ver las copas y los platos dispuestos
me di cuenta de que tenía hambre, y también mucha sed, por el calor que había pasado cruzando la
ciudad. Sonaba muy alto el *Adagio* de Albinoni. Al
fondo de la sala había otra escultura como de dos
metros, hecha con aquel mismo material reluciente, entre cerámico y metálico, y en este caso con un
evidente parecido a una de esas armaduras pavo-

rosas (y falsas) que cabría esperar en un palacio así. Pensé con esperanza en los camareros uniformados que de un momento a otro aparecerían con bandejas de bebidas y platos pequeños de aperitivos muy selectos, y ofreciendo servilletas más pequeñas todavía y perfectamente dobladas. Nadie me había preguntado mi nombre ni me había pedido que mostrara mi invitación.

A través de dos puertas de cristal el comedor se abría a un jardín escalonado y geométrico, con estanques y estatuas, con setos y árboles recortados como en un parque francés. El jardín quedaba muy elevado sobre la calle en cuesta por la que subían empequeñecidos los tranvías, los *tuk-tuks* y los grupos de turistas en fila india por las aceras. Más allá de las tapias estaban los tejados del barrio de Graça y los campanarios de piedra blanca de una iglesia, abriéndose hacia la amplitud del río y del horizonte, con una bruma de atardecer caliente sin brisa. Entre los árboles, los setos, los templetes cubiertos de hiedra del jardín, había grupos de invitados dispersos, algunos de ellos vestidos de fiesta, hombres de traje oscuro y pajarita, mujeres con vestidos largos y espaldas desnudas, pisando la grava con tacones muy altos. La distancia de las perspectivas rectas los uniformizaba y los empequeñecía. Yo daba vueltas en busca de los sin duda inminentes camareros y no los encontraba. «Esta es la noche del eclipse. La de la luna de sangre», me dijo una de las invitadas rubias, que chupaba con avidez y disimulo un cigarro, señalándome un telescopio montado en lo más alto de la terraza. Había una vibración de élitros de insectos sobre un estanque de agua oscura y verdosa donde distinguí grandes peces inmóviles. El sol poniente teñía de rojo las ventanas más altas. El sol era un gran disco rojo suspendido en la bruma del horizonte. Habría dado lo que fuera por una cerveza muy fría, por una copa de vino blanco, un vaso de agua, un puñado de cacahuetes, lo que fuera. La exestrella del pop y dueño del palacio y escultor triunfal había aparecido en el jardín como un monarca distraído y saludaba a los invitados que iban acercándose a él, o más bien se dejaba saludar por ellos. Algunos, algunas, no podían resistir la tentación y se ponían a su lado para hacerse selfies.

No me había fijado nunca en él durante sus años de gloria pública pero no me costó nada reconocerlo. Tampoco he prestado nunca atención consciente a sus canciones y sin embargo unas cuantas de ellas también yo me las sé de memoria. En la realidad, en el tiempo de ahora, era más desmedrado que en las pantallas de televisión o en las portadas de las revistas de veinte o treinta años atrás, pero no mucho menos joven. Era joven como entonces y también era viejo. Tenía la misma melena de los años ochenta, ahora encanecida, sujeta hacia atrás con una diadema que le descubría una frente ceñuda. Cuando era un ídolo juvenil sus dedos muy largos acariciaban sensitivamente las cuerdas de la guitarra o las teclas de un sintetizador en sus actuaciones en playback. Ahora me fijé en que tenía las manos ensanchadas, fornidas, manos de sostener martillos y escoplos y trabajar con el metal, tan castigadas por el trabajo como el mono azul con peto y tirantes que vestía. «Me parece mentira tenerlo tan cerca, poder tocarlo», dijo a mi lado una española que habría gritado en sus conciertos treinta años atrás, y alzado mecheros encendidos en las canciones lentas. El ídolo miraba a su alrededor con una expresión de no estar familiarizado con los detalles de su propia casa. Prestaba una atención difusa a lo que se le decía, rascándose el pelo, o la barba de días, tocándosela con cuidado, como si tuviera una irritación en la piel. A su lado, aunque no del todo, a un paso tras él, como su sombra, se movía un individuo sigiloso, de traje y corbata muy apretados, una cabeza calva de bombilla sobre el cuerpo menudo, gafas de cristales gruesos, el pelo escaso, un rastro o un simulacro de flequillo en diagonal sobre la frente. Un invitado que debía de haberme confundido con alguien porque me hablaba muy obsequiosamente en inglés me dijo que este hombre era el asesor inmobiliario del excantante, el que había dirigido para él la operación de la compra del palacio, «*a real estate wizard*».

Que en toda esta escena nadie llevara en la mano una bebida parecía el efecto de una supresión digital, como cuando se borran los cigarrillos de las manos de los actores en una película en blanco y negro de los años cuarenta. El invitado que me hablaba en inglés me preguntó dónde trabajaba. Me vino a la memoria el nombre de la empresa de Dan Morrison y le dije que en Nueva York, en Stribling & Company. Le hizo más impresión de lo que yo había imaginado. Me presentó a su mujer y se lo dijo de inmediato. Pronunciaba los nombres en inglés con formalidad portuguesa. A continuación se quitó de en medio, no sé si aliviado, o abrumado. Su mujer y yo nos quedamos mirándonos sin decir nada. Pasar tanto tiempo solo me ha quitado las pocas habilidades sociales que tenía. Una gaviota voló al filo de la balaustrada, delante de nosotros, las alas inmóviles. Como quien se agarra a un clavo ardiendo, la pobre mujer me dijo que una de las cosas que le gustaban de Lisboa eran las gaviotas. Entonces me acordé de un reportaje que había visto una noche en National Geographic. Le conté que en Roma, aunque está a veinte kilómetros del mar, la población de gaviotas ha crecido en los últimos años hasta alcanzar las decenas de miles. Su tamaño ha aumentado también porque son gaviotas que se alimentan sobre todo de comida basura, la que les dan de buena gana los turistas y encuentran en los vertederos y arrebatan de golpe de las manos a gente aterrada que iba comiéndose un trozo de pizza o una hamburguesa por la calle. Para las gaviotas de Roma, acechar a peces en el mar es una pérdida de tiempo. Se instalan en los tejados, en los campanarios, en las ruinas antiguas, en las terrazas de los hoteles y de los áticos de lujo. Hacen tanto ruido que no dejan dormir a la gente. Atacan a las ratas y hasta a los gatos del Coliseo. Han aprendido a desgarrar con sus picos tremendos el plástico de las bolsas de basura, y a levantar con las garras las tapas de los contenedores. La mujer me mira sin decir nada, con un resto de la sonrisa que tenía al principio. De repente me acuerdo del mejor detalle: cada vez que el papa se asoma a un balcón de la plaza de San Pedro para soltar una paloma blanca como símbolo de paz, las gaviotas que vigilan en las cornisas se lanzan hacia ella y la despedazan.

Ahora estaba solo de nuevo y de hablar tanto se me había secado más la boca, y seguía sin ver a ningún camarero. Cuando terminé de contarle la historia de la paloma del papa, la invitada me había dicho que iba a buscar una bebida y que me traería otra para mí, pero no había vuelto. En los innumerables parties americanos a los que he asistido en mi vida siempre me pasaba lo mismo. Nunca adquirí la soltura de moverme fluidamente de un grupo a otro.

Tampoco la de sostener de pie un plato y una bebida y comer y beber al mismo tiempo. O me encontraba solo o caía bajo el cepo de un invitado decrépito que no dejaba de hablar y no me soltaba en varias horas, y acercaba tanto su cara a la mía que me salpicaba con pizcas de comida ensalivada. Cansado de estar de pie, en el jardín de aquel palacio, bajo el calor que no cedía aunque ya estaba anocheciendo, con la boca seca y el estómago vacío, desolado entre tanta gente extraña, pensaba con remordimiento en Luria, que estaba sola en mi casa silenciosa y ya a oscuras; con remordimiento y también con envidia, imaginando la quietud en la que Luria se estaría adormeciendo, tendida en algún punto en el que hubiera un mínimo de corriente, un soplo débil de brisa moviéndose apenas entre el balcón y la terraza. En mi búsqueda vana de cualquier clase de líquido había llegado al comedor, y tenía una perspectiva completa del jardín, donde ya estaban encendiéndose luces. Desde el filo del estanque, junto a una ninfa jamona de mármol en la que quedaba algo de la última claridad de la tarde, una pareja me miraba. Del desconocimiento a la sorpresa y luego a una estremecida incredulidad pasé en una décima de segundo, en una pulsación de esas unidades infinitesimales de tiempo que miden los científicos. El hombre era Alexis, de esmoquin y pajarita. La mujer era Cecilia.

36

Un instante después solo la mitad del espejismo se había disipado. El hombre seguía siendo Alexis. Pero mientras el engaño duró la presencia de Cecilia había sido completa, indudable, sin las inexactitudes de la memoria ni la fragilidad de los sueños. Fue ese perfil suyo pensativo y egipcio, el flequillo a un lado de la frente, la línea del pelo liso en los pómulos, la cara nueva que tuvo de pronto cuando cambió de peinado y se tiñó el pelo de negro hace unos meses. Durante ese instante, los milisegundos que ella cronometra en sus experimentos, la inverosimilitud quedó en suspenso y yo fui traspasado por la felicidad, por la extrañeza, por la gratitud, por una efusión que me debilitaba las piernas y subía por mi garganta como la crecida de un sollozo. Vi a Cecilia como en uno de esos sueños en los que ella mira hacia donde yo estoy y no me ve, o se da la vuelta y desaparece, o me mira y me sonríe con una dulzura inaceptable porque está contaminada de lástima. La mujer vino hacia donde yo estaba y me sonrió un momento al pasar a mi lado. No era Cecilia pero había indicios de semejanza que me seguían atrayendo, algo en el dibujo de las cejas, en el modo en que miraba y no miraba, con la cara ladeada, la barbilla que me devolvía un detalle del perfil de Cecilia no preservado con la debida exactitud por la memoria infiel. El improbable Alexis al que yo seguía sin acostumbrarme —el esmoquin, la pajarita, hasta un cigarrillo sostenido con cierta elegancia— solo fue de nuevo plenamente él mismo cuando se inclinó hacia mí con su ceremoniosa cortesía. «No niegue que se asustó al verme. Ya no sabe cómo ni dónde librarse de mí.» Las alas de la pajarita de Alexis se desplegaban en su cuello con la misma amplitud que las orejas a los lados de su cabeza afeitada. Sus modales eran más impecables que nunca: una mano en el bolsillo del pantalón, la otra moviéndose mientras hablaba, el cigarrillo en las puntas de los dedos, el hueco de la palma adiestrado para sostener la copa que nadie le había ofrecido. Los zapatos tenían un brillo de charol no malogrado por el polvo y la grava del jardín. El esmoquin era de un corte muy formal, pero de una tela ligera, que no le daba demasiado calor y no interfería con la fluidez de sus movimientos. Era como un ladrón de guante blanco que se ha infiltrado en una fiesta de la Costa Azul y que al menor descuido de los anfitriones

que fuera. Sin la menor duda ahora que estábamos entrando en el comedor feudal cada uno encontraría su sitio en la mesa y empezaría la cena. «"Integral" es la palabra clave, *the keyword*, por así decirlo. Servicios Integrales», me explicaba Alexis, en tono de confidencia. «Usted llega a Lisboa con una lista de necesidades y nosotros nos ocupamos de satisfacerlas. De manera integral. Servicio premium. Usted compra un palacio sin haberlo pisado nunca y nosotros nos ocupamos de todos los trámites y todas las instalaciones necesarias, y también de que a los pocos días de llegar usted pueda dar una fiesta con todo tipo de invitados VIP. Usted es una celebridad internacional y quiere tener su lugar de retiro en Lisboa y mantener su privacidad pero también quiere que se sepa. Usted viene aquí y compra una propiedad y está haciendo una declaración de intenciones. Nosotros tenemos un equipo de jardineros que le restaura el jardín, y un *staff* de servicio y de cocina, y le abastecemos la despensa y la bodega con vinos y licores de primera calidad, hasta con botellas de cosechas legendarias cubiertas de telarañas y polvo. Y si además se queda corto en el número de sus invitados porque aún no controla el *who's who* de la ciudad, o porque no quiere arriesgarse a que haya poca gente en este sitio tan grande, nosotros también proveemos los invitados que le faltan para llegar a un número óptimo.» Escuchaba a Alexis y miraba a mi alrededor con la esperanza de ver de nuevo a la mujer que se

desplegadas ahora iba por delante, abriendo paso, empujando puertas muy altas con relieves dorados. Lo que antes era un caserón de muros blancos y dinteles de piedra ahora se convertía en un palacio francés del Segundo Imperio, con espejos muy altos que abrían falsos corredores y brillos de dorados. Nos movíamos en grupos de sombras, de los que salían sobre todo fragmentos de conversaciones de tema inmobiliario en diversos idiomas, con diversos acentos. La voz musical de la estrella del pop se distinguía por la limpieza de su dicción y por el silencio que se formaba en torno a ella. «La gente se queja de los precios de las casas, aquí lo mismo que en París y que en Londres. Allí también estoy oyendo siempre la misma historia. Pero ellos son los primeros que venden y con lo que ganan mandan a los hijos a la universidad y hasta les sobra para retirarse a la Costa del Sol.» «El problema no es que los precios de la vivienda estén altos. Es el mercado quien los marca, no nosotros. El problema es que los sueldos son bajos. ¿Y qué culpa tenemos nosotros de eso?»

Algunas de esas opiniones las emitía Alexis. Cambiaba de tono de voz con la misma facilidad con que cambiaba de idioma. Su volubilidad incesante multiplicaba la sensación del número de invitados casi tan eficazmente como los espejos, y también sin coste adicional. Una voz femenina dijo algo en portugués cerca de mí y me dio la impresión de que yo era el único que la escuchaba: «Echan a los viejos de las casas en las que llevan viviendo toda la vida. Provocan averías. Les cortan el agua y la electricidad. Les quitan las barandas de las escaleras para que no se atrevan a bajar a la calle, o para que se caigan». Vio mi atención y me sonrió. De frente eran las cejas lo que la hacía parecerse a Cecilia. Las cejas y las gafas, la montura negra encima de los pómulos. Me fijé en que tenía casi la misma estatura. También había algo en la manera de vestir, entre contenida y aventurada. Entre toda aquella gente, siluetas y voces en una penumbra que no se disipaba, sentí de golpe la ausencia de Cecilia como un desconsuelo sin remedio, una enfermedad que me debilitaba un poco más cada día, también entonces, en ese momento, en ese lugar en el que no conocía de verdad a nadie y en el que no había motivo ninguno para que yo estuviera.

Un solo grupo se había formado ahora en el centro de un salón, casi un tumulto, alrededor de una mesa. Con dificultad me abrí paso hacia ella. Los invitados desfallecidos se arrojaban sin miramiento sobre las primeras muestras de alimento y bebida, singularmente austeras: platos de patatas fritas, aceitunas, jarras de triste cerveza sin espuma, vino tinto como caldo. Manos ávidas se arrojaban sobre puñados de maní. Con ademanes expertos y pleno dominio de la situación, Alexis aprovechó sus largos brazos extensibles para alcanzarme una cerveza y un cuenco de patatas fritas. Un arco comunicaba el salón con otro igual de grande y mucho más iluminado, con arañas de cristal como de un teatro de ópera. Al fondo había una tarima baja y encima de ella una serie de instrumentos musicales, como preparados para la actuación de una banda numerosa: un piano de cola, guitarras eléctricas, saxofones, congas, una batería, teclados eléctricos, monitores, micrófonos. Comprendí con desolación que íbamos a ser sometidos a un concierto en ayunas. Algún invitado había hecho acopio de patatas o cacahuetes y se los sacaba luego subrepticiamente del bolsillo. El invitado al que por un momento yo había confundido con el carpintero se sentó al piano. De pie, en el centro de la tarima, la estrella del pop hacía gárgaras con un botellín de agua en la mano y esperaba sin mucha paciencia a que los invitados se apartaran de la mesa en la que todavía escarbaban los últimos residuos nutritivos y apuraban sus vasos, y fueran pasando al salón de la música.

37

La buscaba y no la veía. Podría haberse ido de la fiesta insufrible sin que yo me diera cuenta. Estaba al fondo, con los brazos cruzados, apoyada en una columna, la cara vuelta a medias, en un escorzo que la hacía más atractiva al resaltar su parecido con Cecilia. Quería identificar y aislar los rasgos concretos en los que residía ese parecido para fijarme más en ellos. Cecilia me contó que un puñado de algo más de doscientas neuronas en una región del córtex que ahora no recuerdo se ocupa del reconocimiento facial. Las que identifican su cara para mí ahora se activaban parcialmente y yo quería forzarlas a que operaran el prodigio de invocar su presencia. Pero si me empeñaba demasiado la semejanza desaparecía, como cuando uno se despierta por culpa del esfuerzo de prolongar un sueño. A una cierta distancia el espejismo no era tan fugitivo. En el salón había ahora mucha gente y pocos asientos, todos incoherentes entre sí: sillones como tronos tapizados en terciopelo rojo y sillas plegables de playa, taburetes de plástico como de cuarto de baño, hamacas. Me faltaron reflejos y tuve que quedarme de pie. La gente se había lanzado a los asientos disponibles con el mismo descaro y el mismo barullo con que un momento antes se apoderaban de la comida y la bebida, como los viajeros que se tiran a ocupar un asiento disponible en un vagón del metro de Nueva York. Pero si yo me quedaba atrás no era por buena educación sino por falta de empuje. La estrella del pop permanecía en pie con las piernas separadas, la barbilla alta, el pecho hinchado bajo el mono azul de falso metalúrgico. Hacía muecas, chasqueaba la lengua, se frotaba las manos, miraba al vacío, ponía cara de doloroso desagrado, de extrema sensibilidad acústica, por cada uno de los ruidos que hacían los invitados al acomodarse. La cabeza erguida miraba hacia una lejanía de multitudes en estadios, graderíos de campos de fútbol y plazas de toros, en los veranos de gloria de los años ochenta. Alexis estaba sentado en el suelo, la espalda recta, en una perfecta postura del loto. Miré hacia el otro lado del salón y la mujer estaba mirándome con su gesto de soslayo y como estaba en una zona de penumbra se parecía más a Cecilia.

En el silencio que había tardado tanto en hacerse el pianista preludió unas notas. La estrella del pop, en vez de entonar uno de sus célebres himnos generacionales, rompió a cantar un aria de ópera con un chorro de voz de tenor italiano, de golpe, con toda la fuerza de los pulmones. Era algo muy conocido de Puccini pero yo no sabía el título. Empezó a cantar tan poderosamente que se le enrojecía la cara deformada y las venas del cuello se hinchaban como las venas en el cuello de un caballo. Todo el mundo permanecía hechizado en su sitio, sobrecogido por el volumen de aquella voz que tronaba como en la concavidad de un gran teatro.

Entonces el cantante soltó un gallo. Soltó un gallo pero siguió cantando y nadie pareció haberlo advertido. Soltó otro, y persistió en su aria, y luego otro, una calamidad que se veía venir cada vez que se acercaba a una nota aguda, que tomaba aire, que extendía la mano como en una enfática despedida. El último gallo quedó disimulado por el aplauso que ya había empezado unos segundos antes de que terminara de cantar. Los invitados aplaudían con un fervor más intenso porque era ficticio y tenía sobre todo una parte de alivio. Alexis, sin dejar de aplaudir separando mucho las manos para que sonara más fuerte, se volvía hacia un lado y otro inspeccionando la sala como un jefe de claque. Me pareció ver en su mirada un indicio de reprobación y me puse a aplaudir mucho más fuerte. Al otro lado del salón la mujer aplaudía despacio y me miraba. El cansancio de aplaudir y de estar de pie y la expectativa de que la actuación durara mucho se sumaban al hambre y me debilitaban más aún. El cantante hacía gestos con las manos para que se detuviera el aplauso. Tenía cara de insatisfacción, de fastidio, de tormento artístico interior, como en las fotos promocionales de su juventud. Bebió un trago de agua e hizo gárgaras. Dijo que quizás no había calentado lo bastante la voz. Le hizo una señal al pianista, que emprendió otro preludio. Como me ha pasado algunas veces en un teatro de ópera pensé que aquella velada no iba a terminarse nunca. De nuevo el cantante separó las piernas, se frotó las manos, hinchó el cuello, como un forzudo antes de levantar unas pesas, miró hacia el fondo, hacia la lejanía. Por primera y única vez en mi vida su mirada se cruzó con la mía. Cuando ya venía irreparablemente el próximo gallo vi en la cara de la mujer ahora no tan parecida a Cecilia un gesto de dolor, como el de quien ve acercarse la jeringuilla de una inyección. Advirtió que yo la miraba y la expresión de dolor fue borrada por una sonrisa afable de resignación cultural.

38

Se llamaba Ana Paula. Se llama. Me dijo que trabaja en una tienda de antigüedades en el barrio de São Bento; y que recordaba haberme visto entrar un día, y examinar una bola del mundo de la época del Imperio austrohúngaro, y marcharme sin alzar los ojos. Eso me lo dijo después. En la cena me tocó sentarme a su lado. Los dos estábamos confinados a un extremo de la mesa. Ana Paula no conocía allí a nadie. Su jefe le había pedido que asistiera en su lugar. Hablaba muy bien español y le gustaba hacerlo. Yo tenía que pedirle que me hablara en portugués. De vez en cuando se volvía educadamente hacia el invitado que había a su derecha. Una de las rubias de voz y piel de fumadora estaba sentada a mi izquierda. Era española, de Madrid, arquitecta. Por culpa de la crisis había tenido que dejar el estudio y se había «lanzado a la arena, como yo digo», me dijo. Había tenido que remangarse y que ponerse las pilas y bajar de la torre de marfil, como ella decía, para dedicarse al negocio inmobiliario en Lisboa. Dijo que las oportunidades se presentan una sola vez en la vida y que ella era partidaria de aprovecharlas. Era de esas personas un poco inverosímiles que parecen dedicar todos sus esfuerzos a encarnar exactamente un estereotipo de clase. Tenía la piel muy bronceada y algo seca por el tabaco y la exposición al sol. Hablaba agitando mucho las manos, con esa vehemencia de dedos muy extendidos y aspavientos que es tan común ahora. Las pulseras se movían como sonajas en sus muñecas. Alguien acababa de decirle que yo era colega en Nueva York. Eso la hacía mirarme con respeto, aunque no del todo sin desconfianza. Trabajando en Manhattan seguro que yo conocía al hombre diminuto que había tocado el piano, y que tan solo dentro de unos minutos, en cuanto terminara la cena, nos iba a dar la charla que todos estábamos impacientes por escuchar. Le dije que sí: que lo había visto en una convención de brókeres, en Florida. Estaba aturdido y mareado y decía lo primero que se me pasaba por la cabeza. La cena estuvo a la altura de mi hambre cuartelaria. Sin ceremonia ninguna unos camareros que ni siquiera vestían uniforme repartían a lo largo de la mesa cazuelas de plástico rebosantes de spaghetti con salsa de tomate. En la lejana cabecera de la mesa feudal, bajo su armadura de trozos de chatarra pintados de colores, la estrella del pop

ruido de las conversaciones y las risas a nuestro alrededor. Le pregunté cómo era haber vivido siempre en Lisboa y estar asistiendo a aquella súbita transformación arrolladora. Escuchaba cada pregunta meditativamente, con el esfuerzo de distinguir entre el ruido cada palabra mía en una lengua que no era la suya. Se quedaba un momento en silencio y luego empezaba a responder en español, pero yo le pedía que hablara portugués, en parte porque la naturalidad de la voz acentuaba su dulzura. Unas veces la irritaba y la entristecía esta nueva Lisboa de turistas y de inversores internacionales y cruda especulación porque ya no le parecía su ciudad, y otras veces, me dijo, lo seguía siendo, y casi más que nunca, con menos deterioro y mugre y ruina, con gente venida de todo el mundo que de verdad sentía amor por ella y la elegía para vivir, como la había elegido yo. Pero nadie sabía qué iba a pasar si todo aquello terminaba, si pasaba la moda y el torbellino se interrumpía casi tan de la noche a la mañana como había empezado: los aviones siempre descendiendo sobre el Campo de Ourique, el ruido de las ruedas de las maletas en las calles donde ya no quedaban vecinos antiguos, el de los taladros y las sierras en los edificios en rehabilitación, las colas ingentes de turistas en la parada de los taxis, en la terminal de llegadas del aeropuerto, tan pequeño y tan desbordado que ya no cabían más vuelos ni más viajeros, aunque su número siguiera creciendo. Hay quien gana y quien pierde, me dijo. Hay quien gana y pierde al mismo tiempo. Hay viejos y pobres a los que echan de sus casas y gente trabajadora que vive gracias al turismo y a la construcción pero que no puede pagar un alquiler en la ciudad. Ella había ganado, y perdido también. Había ganado porque la tienda de antigüedades en la que trabajaba vendía mucho a clientes extranjeros. Había perdido porque nunca le fue posible encontrar un trabajo como historiadora del arte. No había podido seguir pagando el alquiler de su apartamento en Arroios y había tenido que irse a vivir mucho más lejos. Solo así podía tener una buena habitación para sus hijos. Hasta ese momento no había dicho que tuviera hijos. Yo no le había preguntado nada sobre su vida personal, ni ella a mí. Sus hijos no serían mayores porque necesitaban una sola habitación. La conversación fluía con una vehemencia sin cuerpo, un tantear mutuo y cauteloso en espacios vacíos.

39

Mientras hablábamos absortos en nosotros mismos los camareros habían retirado los restos de la cena y los manteles. La mesa muy larga y rodeada de gente parecía ahora la de un salón de reuniones ejecutivas. Había cesado de manera abrupta la implacable reiteración del *Adagio* de Albinoni. A la cabecera de la mesa colgaba ahora una pantalla. Con gestos de gran pericia técnica Alexis ayudaba a poner en marcha un proyector o a reparar una dificultad inesperada en el funcionamiento de algo. Los camareros iban dejando una pequeña botella de agua y una carpeta azul al lado de cada uno de los excomensales. De pie delante de la pantalla, la estrella del pop murmuraba algo. Por un momento temí que volviera a cantar. Se rascaba el cuello y la barba con la misma desgana que antes y señalaba al gurú inmobiliario, que estaba a su lado y asentía a sus palabras mientras tecleaba muy rápido en el teléfono. El murmullo de la estrella del pop era una presentación, intercalada con chistes que yo no llegaba a oír pero que provocaban risas serviles en la parte de la mesa más cercana a él. Dijo que el invitado de esa noche no necesitaba presentación. Se hizo a un lado y empezó un aplauso. El gurú inclinó la pequeña cabeza hacia él y luego hacia el público. Alexis le había puesto con gran pericia uno de esos micrófonos diminutos que quedan cerca de la boca, y que le daba una apariencia como de piloto o presentador de televisión. Empezó a hablar en un inglés claro y abstracto, despojado de cualquier rastro de acento o de entonación, como un idioma interplanetario. La rubia sentada a mi derecha me dijo al oído con voz de confidencia que tenía su cuartel general en Singapur.

Se habían atenuado las luces al mismo tiempo que se iban apagando los murmullos y se hacía el silencio. Yo espiaba el perfil de Ana Paula en esa penumbra. Cecilia también ladea ligeramente la cabeza cuando se dispone a prestar mucha atención a algo. Ese gesto suyo volvió hacia mí con la misma claridad que si estuviera viéndolo. Ella dice que cuando algo se recuerda o se imagina se activan los mismos circuitos neuronales que cuando se lo está viendo, o cuando se revive en un sueño. Cuando una rata duerme en su cerebro se repiten las mismas conexiones que se formaban mientras recorría unas horas antes el laberinto de cartón. Me costaba prestar atención a las imágenes de la pantalla y a la voz del gurú inmobiliario. Había fotos publicitarias muy coloridas, fragmentos de noticiarios o documentales, cuadros estadísticos. Las imágenes iban más rápido que la voz y a veces no se correspondían con ella. El micrófono direccional dejaba de funcionar por momentos y había un espacio sonoro en blanco, con un fondo de voz muy distante. Luego la voz volvía y lo llenaba todo como una presencia agigantada. Más allá de las puertas del comedor se afianzaba la noche en el jardín.

En la pantalla se veía en primer plano la silueta de un hombre jugando al golf, recortada contra las llamas del incendio de un bosque. Una cámara montada en un helicóptero captaba el momento en que una gran ola arrastraba a una orilla un barco que parecía navegar de costado sobre ella y que acababa rompiéndose en pedazos contra una hilera de casas frágiles derribadas por el viento. Una columna de fugitivos o de refugiados llenaba toda la anchura de una carretera en una región de selva que debía de estar en Centroamérica: frente a ellos se formaba una barrera de policías con uniformes antidisturbios que desplegaban vallas de alambre espinoso. El gurú hablaba de un mundo global lleno de peligros, pero también de posibilidades; de nuevos horizontes de inversión y patrones significativos, movimientos en los mercados de capitales tan reveladores como las corrientes y los datos de temperatura y humedad que permiten predecir desarrollos climáticos. Usaba palabras que yo llevaba tiempo sin oír: «*challenge*», «*disruption*», «*innovation*», «*opportunity*», «*leadership*». Era como la pesadilla de estar de vuelta en una reunión de mi antiguo trabajo. Volvían a encenderse sin ninguna necesidad circuitos neuronales en desuso.

Guardó un momento de silencio y dijo que iba a lanzar una pregunta. ¿Saben en qué están invirtiendo ahora mismo cinco de cada diez de los hombres más ricos del mundo? Al decir «cinco» y «diez» el gurú extendió pedagógicamente los dedos de una mano, luego los de las dos. Movía las manos como el oficiante de una religión o como un intérprete de lengua de signos. A mi lado las pulseras copiosas de la rubia no emitían el menor sonido. En la pantalla un avión de pasajeros alzaba el vuelo y estallaba en una gran deflagración. Luego una cámara se acercaba en línea recta a la cumbre boscosa de una isla de coral en la que había una mansión rodeada de palmeras. «Antiguos búnkeres», dijo el gurú, habiendo calculado la duración del silencio después de su pregunta. «Refugios antiatómicos.» Miró a su alrededor antes de añadir: «Islas». En la pantalla permaneció fija unos segundos una foto de millares de personas en bañador arracimadas en lo que parecía una piscina olímpica china o coreana. «Cinco de cada diez de los hombres más ricos, po-

posibles: eventos climáticos extremos, disrupción de corrientes marinas a escala planetaria, huracanes cada vez más numerosos y de creciente potencial destructivo; por no hablar del peligro de que un movimiento terrorista consiga armamento nuclear, o que los hackers al servicio de gobiernos hostiles saboteen las redes fundamentales de comunicaciones o de suministro de energía. «Suceden cosas que no sabemos ahí afuera.» Dijo *out there* como un actor en una película. Bajaba la voz conspirativamente o le fallaba la conexión del micrófono y entonces no se le oía. Usaba términos variados para referirse a los ricos: «*extreme billionaires*», «*the megarich*», «*the ultrarrich*». Pulsaba el mando a distancia y en la pantalla se sucedían primeros planos: Warren Buffett, Bill Gates, Jeff Bezos, Mark Zuckerberg, otros que yo no conocía y que tal vez eran más ricos aún. «*Tech Types* —dijo—, *high finance types.*»

Era esa gente la que abría el camino: la que estaba liderando la gran revolución inmobiliaria del siglo XXI. Ellos saben mejor que nadie los peligros que acechan. Ya no invierten en castillos, ni en yates, ni en mansiones en zonas de playas exclusivas que en muy poco tiempo quedarán anegadas por la subida del nivel del mar. «Invierten en seguridad —dijo—, en horizontes de supervivencia a medio plazo. Las oportunidades son tan ilimitadas como los desafíos.» «*Challenge*» y «*unlimited*» eran dos de sus palabras favoritas. Hacen falta refugios inviolables para sobrevivir a un desastre en las mejores condiciones posibles. Hace falta adquirir y aprender a manejar las armas más eficaces para abrirse paso en una emergencia o resistir un asedio; también helicópteros y lanchas rápidas para escapar cuanto antes de situaciones catastróficas, de virulencias revolucionarias destructivas; motos de montaña; todoterrenos blindados. En la pantalla había una foto de un desierto rojizo. Con su puntero láser el gurú señaló lo que fijándose bien era el acceso camuflado a un edificio bajo de cemento. A continuación se vieron corredores amplios alfombrados, con colgaduras y candelabros de palacio barroco, ventanales abiertos a paisajes de bosques, a horizontes marinos al sol de poniente, a cataratas de color esmeralda. Era el S. C. P., dijo, pronunciando despacio cada una de las letras, que eran las mismas inscritas en las carpetas que teníamos sobre la mesa, el Survival Condo Project. «*Hottest piece of real estate on the whole planet Earth*», dijo, una palabra meticulosa y lenta detrás de la otra. Guardó silencio e hizo una broma que desató una carcajada: «incluso más codiciado que un apartamento premium en Lisboa».

«Está en alguna parte del desierto de Nevada —dijo, bajando la voz, como si compartiera cautelosamente una confidencia—. Fue durante muchos años un depósito secreto y una base de lanzamiento de misiles nucleares. Pero nada de pozos oscuros o de corredores de hormigón de techo bajo con manchas de humedad, nos explicó, moviendo negativamente el dedo índice. El SCP tiene todas las condiciones de un complejo residencial de máximo lujo: ventanas LED para tener siempre a la vista y elegir a voluntad paisajes más detallados, con mucha mejor resolución que los de la realidad; instalaciones para depurar indefinidamente el agua y el aire, incluso en condiciones de aislamiento absoluto del exterior; campos de golf virtuales, parques de atracciones interactivos para los más pequeños, campos de agricultura hidropónica y acuapónica.» Las palabras más difíciles las pronunciaba con una precisión infalible. «*A new exciting frontier*», decía, se estaba abriendo en todo el mundo: refugios antiatómicos excavados a treinta metros bajo tierra en las zonas más caras del centro de las capitales para alojar a los gobiernos en caso de guerra nuclear; antiguas bases para submarinos en las islas del Pacífico. El horizonte mínimo de supervivencia confortable garantizada era de cinco años, dijo, y extendió como en un gesto de paz los cinco dedos de la mano derecha. Y no hacía falta invertir como un megamillonario para obtener espléndidas posibilidades de negocio. Un mercado igual de excitante era el de los equipos de emergencia inmediata, lo que hay que tener siempre al alcance de la mano, no solo las armas defensivas y ofensivas, las motos, las lanchas rápidas, los todoterrenos. De una bolsa de tela que había sobre la mesa el gurú extrajo con sumo cuidado un artefacto que parecía una cruda máscara de gas, con un tubo de goma colgando de ella como una tráquea. La alzó entre las manos y le dio la vuelta despacio. Dijo un nombre técnico con siglas y números que no llegué a entender. Hizo una seña y Alexis le quitó el micrófono. Alzó la máscara con una lentitud litúrgica y se la puso un momento. Pareció que tenía una cabeza de elefante con la trompa colgando o una cabeza de insecto gigante nacido de una de esas mutaciones monstruosas que provocaban las radiaciones nucleares en las películas antiguas. Se quitó la máscara y empezó a hablar pero tuvo que callarse mientras Alexis volvía a ponerle el micrófono. Dijo que el filtro era tan poderoso que permitía respirar sin peligro después de un ataque nuclear o biológico. Su precio actual era de seis mil cuatrocientos cuarenta y nueve dólares. Se complacía en decir palabras técnicas de varias sílabas y cifras exactas. Dijo que en la carpeta podía encontrarse una lista completa de artículos disponibles online, además de una selección de P-L-S-P («*Premium Longterm Survival Properties*», especificó) situadas en Europa y América. Depositó la mascarilla sobre la mesa con el mismo cuidado que si fuera un busto antiguo de bronce muy valioso en el expositor de una subasta. Inclinó la cabeza y hubo unos segundos de silencio, y luego arrancó despacio un aplauso. Alguien dijo desde las puertas del jardín que estaba empezando el eclipse.

40

Las cosas las recuerdo desconectadas entre sí. Están muy claras aisladamente pero se me borran las conexiones temporales o causales entre ellas. Algunas puede que las haya olvidado y que no tenga conciencia ni del espacio ahora vacío que ocupaban. Sé que es la misma noche porque entre unas escenas y otras está el hilo común del eclipse, y el calor que no cesa, el aire inmóvil y ardiente. La luna grande y roja ha emergido sobre los tejados y sobre el horizonte del río. Ana Paula dice que la llaman luna de sangre. En el jardín del palacio la gente hacía turno junto al telescopio para verla. Ana Paula y yo hemos salido sin que nadie lo advirtiera y sin despedirnos de nadie. La luna estaba justo entre las dos torres de São Vicente de Fora. Los lugares concretos no tengo la menor dificultad en reconocerlos o en recordarlos. Lo que me falta muchas veces es la capacidad de situarlos en el mapa. Es la sintaxis de la ciudad la que se me vuelve borrosa. Ana Paula se ha ofrecido a llevarme en su coche, un Mini rojo. Como ha de ir más allá de Belém pasará cerca de mi casa. Hay una torpeza entre nosotros cuando nos quedamos solos, cuando bajamos la cuesta hacia donde está su coche. Dicen que el eclipse ha comenzado ya pero apenas se ve un borde oscuro en la redondez rojiza y poco a poco amarilla de la luna. Toda la anchura del río nocturno se abre hacia el fondo de la calle. Es como mirar hacia las calles transversales del lado oeste de Manhattan y distinguir el espacio abierto y luminoso del Hudson.

No sé cuántos años hace que no voy de noche paseando con una mujer que no sea Cecilia. Me cuesta adaptarme a otra estatura, a otro ritmo de caminar. Quedarse en silencio es incómodo. Tampoco tengo la destreza de mantener animada sin esfuerzo una conversación. Lo que nos une ahora es la rareza de la velada a la que los dos acabamos de asistir: la conciencia de la dificultad de contar a otros lo que hemos visto y oído hasta hace muy poco y ya se vuelve improbable en el recuerdo. Nos callamos porque nos da reparo confesarnos lo que estábamos pensando en cada momento, en cada escena en el palacio. La ironía es una complicidad que por ahora no nos decidimos a reconocer abiertamente. Ahora Ana Paula conduce costeando el río y los muelles. Hay cruceros iluminados con guirnaldas de luces, grúas muy altas que oscilan sobre montañas verticales de contenedores. La miro conducir y ella mira hacia el frente. Su perfil recto y serio atraviesa ráfagas veloces de claridades y de sombras. Las luces exteriores brillan en los cristales de sus gafas. Como no tengo costumbre de ir en coche por Lisboa la ciudad se despliega ante mí como en secuencias desconectadas de películas. Por la ventanilla entra el aire cálido y el rumor de la gente en los paseos y en las terrazas, ráfagas de una música africana muy rítmica y una voz de Cabo Verde alegre y triste al mismo tiempo. Hay parejas que bailan bajo un toldo junto a la orilla. Las siluetas se dibujan contra el fondo plateado del río, contra la niebla caliente en la que brilla la claridad de la luna como sobre una superficie de seda. Estar solos y juntos en la penumbra del coche y aislados del exterior nos confiere una intimidad involuntaria y propicia, perturbada en mi caso por un principio de culpa.

Ahora la voz de Ana Paula suena distinta, más cercana, más baja. Se esfuerza en hablarme despacio para que yo entienda cada palabra. Dice que al ver las imágenes de los búnkeres convertidos en residencias de lujo postapocalípticas se ha acordado de una película que le gustaba mucho cuando era adolescente. Me dice el título pero no lo entiendo. Lo repite ahora: «*Super-homem*». Tardo un instante en comprender que se refiere a *Superman*. Se ríe del malentendido. Los cruces entre el español y el portugués están siempre llenos de trampas. Se acuerda del palacio suntuoso que Lex Luthor tenía en el subsuelo de Nueva York, debajo de los túneles del metro, Gene Hackman con su cabeza afeitada de malvado megalómano y su peluquín amarillo, una profecía de Donald Trump. No era debajo del metro, le explico: esas bóvedas y esos arcos de mármoles relucientes son los de Grand Central Station. Le agrada deducir que si me acuerdo con tanto detalle es que a mí también me gustaba aquella película. Ella quería ser una reportera intrépida como Lois Lane, descarada y neurótica en un mundo de varones romos de los años setenta, con trajes de solapas anchas y patillas peludas, y halitosis de tabaco y de whisky. Pero dice que ella no se habría dejado engañar ni un momento por la torpeza ni por las gafas de Clark Kent. Y se pregunta dónde se cambiaría él ahora si volviera, ahora que no quedan en ninguna parte cabinas de teléfonos.

Estamos llegando a la altura de mi barrio pero no la interrumpo. Me gusta oír en su voz la música de las palabras portuguesas, igual que me gusta ir dejándome llevar por ella en el coche, mirar la ciudad, la escalinata que baja del Museo de Arte Antiga, las filas de las ventanillas iluminadas de los trenes, en las vías paralelas a la carretera, los edificios portuarios, los muelles, el puente ya más cercano, los pilares levantándose sobre los tejados de Alcántara. Es como estar yendo a alguna parte y no saber a dónde, y no tener prisa por llegar; como estar viviendo algo y al mismo tiempo viéndolo en un sueño que no compromete a nada. Hemos dejado atrás el gran bloque iluminado del Museo de Oriente y el paso elevado sobre la carretera y las vías del tren que yo cruzo casi todos los días cuando voy a correr o a dar paseos a Luria por la orilla del río. A Luria le dan miedo los peldaños de metal y tengo que llevarla en brazos. Ana Paula me dice que mi casa debe de estar ya muy cerca. Le digo el nombre de mi calle recóndita imaginando que no la conocerá: pero resulta que pasó muchas veces por ella de niña, camino de casa de su abuela, que vivía en ese barrio, entonces lleno de tiendas, pequeños talleres, familias ruidosas, niños que jugaban en la calle. Ahora es el vecindario silencioso y un poco fantasmal en el que yo vivo, uno de tantos extranjeros que han venido a retirarse o a refugiarse en Lisboa. Me dice que hay un muelle secreto que seguramente yo no conozco: un lugar único para mirar el puente y el río, para observar esta noche el eclipse de luna, «mucho mejor que el jardín de ese palacio».

Ana Paula da un giro al volante y nos internamos en una rampa lateral, luego en una zona mal iluminada de almacenes o hangares que parecen abandonados. Los neumáticos rebotan y crujen ahora sobre adoquines. Huele a mar, a pescado podrido, a algas. Grúas en movimiento y acantilados de contenedores resaltan en medio de la oscuridad bajo cañones de luz eléctrica. Un pequeño parque sin luces nos separa del paseo que lleva a la fila de restaurantes muy iluminados de la Doca de Santo Amaro, con su clamor festivo y sus colgaduras de verbena. El muelle al que Ana Paula me ha traído es un lugar solitario que está muy cerca de otro lleno de gente y de ruido que parece muy lejano, otro mundo. Igual de lejos siento ahora mi vida habitual, como una casa de la que me he ausentado. Mi propia casa, tan cerca y tan lejos, la llave que guardo en el bolsillo. La marea está baja y da un poco de vértigo asomarse al filo vertical del muelle. Desde aquí se oyen muy bien los sonidos del puente, tan próximo y remoto, tan alto sobre el río, su doble pasarela inaccesible en la noche, con la hilera rápida de luces y el clamor de un tren, la vibración de los nervios de acero, el fragor de los coches y los camiones. Al otro lado del río, al final del puente, justo encima del Cristo con los brazos abiertos, surgen las luces de un avión todavía silencioso, y un momento después retumbando en el cielo sobre nuestras cabezas, un avión transatlántico de motores tan poderosos que ahogan el ruido del tráfico en el puente.

La voz dentro de mí que está siempre contándole a Cecilia las cosas que me suceden ahora se ha quedado en silencio. Ahora solo miro y escucho, sentado al filo del muelle, tan cerca de Ana Paula que puedo oler su colonia, entre los olores de la noche, el río y el limo, el aire inmóvil y caliente incluso aquí, al filo del agua, el olor delicado del cigarro que acaba de encender, inesperadamente. No sabía que fumara. No le había notado olor a tabaco. Su piel no tiene la sequedad de la piel de las mujeres que fuman. Cecilia pasa semanas o meses sin fumar y una noche dice de pronto que le apetece y enciende un cigarro, en una cena con amigos, o nosotros dos solos, en casa, tarde, o al salir de un restaurante. Dice: «Ahora me fumaría yo un cigarro». Y como sé que algún día, más tarde o más temprano, le apetecerá fumar, yo guardo siempre un paquete de tabaco, y hasta lo llevo conmigo, yo que no he fumado nunca. Así, cuando a ella le da ese capricho, yo estoy preparado para satisfacerlo, y hasta llevo un mechero, que puedo no encender durante semanas o meses, pero que no falla nunca cuando lo necesito. No es que Ana Paula me recuerde a Cecilia: es que hace cosas que de repente me recuerdan algo que Cecilia hace y yo no he sabido recordar. Cómo fuma, por ejemplo, con la impremeditación de la falta de hábito. El cigarro lo sostiene entre el índice y el corazón, muy arriba, ya cerca de las uñas, de una manera inestable, como si se le fuera a caer de un momento a otro. Estoy

esta noche respirando el aire tan cálido a la orilla del río; la maravilla de encontrarse en medio de una conversación verdadera, con alguien a quien se acaba de conocer. Habla de la ilusión de ir viendo hacerse mayores a sus hijos y del miedo a perderlos cuando sean adultos. Me mira entonces y no hace falta que le diga que yo no tengo hijos para advertir que me es ajeno el sentimiento que acaba de nombrar, y eso la hace retraerse un instante. Ahora su cara es del todo la de una desconocida, más atractiva pero también lejana, aunque está más cerca, deseable, vuelta hacia mí. Notar al cabo de tantos años un deseo no despertado por Cecilia me envuelve en una extrañeza de mí mismo y del momento que vivo. Me veo desde fuera, y también a Ana Paula, como nos vería alguien que se nos acercara por detrás, desde la zona iluminada. Se ha quitado las gafas y hay como una sensación de desnudez y vulnerabilidad en sus ojos. Me dice que siente envidia de las personas como yo, y tardo en comprender a qué se refiere: «a los que tienen una profesión o una vocación que les llena la vida, que les señala un rumbo, que les permite un progreso que puede medirse de manera objetiva, como a ti la ciencia», dice, y yo siento a la vez remordimiento por haberle mentido y miedo a ser descubierto. Está siempre imaginando que vuelve a la universidad y que reanuda la tesis de Historia del Arte que tuvo que dejar en suspenso para criar a sus hijos, y a la que ya no pudo volver por el apuro de ganarse la vida. Va al Museo de Arte Antiga y mira muy de cerca el Tríptico de las Tentaciones de san Antonio. Se acuerda de todas las lecturas y de todas las notas que tenía tomadas para una investigación sobre El Bosco: una investigación de verdad, dice, enérgica de pronto, tan rigurosa como la que yo puedo hacer en mi laboratorio, un catálogo de cada uno de los motivos simbólicos, que no son alucinaciones caprichosas sino elementos iconográficos tan codificados como las palabras de un idioma, igual de reconocibles para los contemporáneos del pintor, para los que vivían sumergidos en su mismo mundo cotidiano de creencias e imágenes.

Ahora es el fervor de Ana Paula lo que me devuelve de nuevo a Cecilia. Así habla ella cuando la domina un entusiasmo, la idea recién surgida para un experimento, la excitación incrédula cuando los primeros resultados parece que van confirmando una hipótesis. En esos momentos me mira con fijeza y al mismo tiempo no me está viendo. La inteligencia ilumina interiormente la belleza. Ana Paula sonríe y me dice que hay algo que no me había contado. Me ha visto una vez más, justo en el museo, en la sala de El Bosco, hará dos o tres semanas. El museo acababa de abrir y estaba desierto. Ella había ido a entregar una pieza a la casa de un cliente extranjero en Lapa. Tenía tiempo de sobra y decidió que iría un rato a mirar el tríptico. Para no fatigarse la mirada atravesó sin detenerse las salas sucesivas hasta llegar a la última. Había un visitante sentado delante del cuadro. No se volvió al oír en aquel silencio los pasos que se acercaban. Era yo, dice. Esta noche me ha reconocido nada más verme en el jardín del palacio. Dice que me ha visto igual de solo entre la gente que esa otra vez en el museo vacío, y que en ningún momento me volví hacia ella ni la miré. Dice que tampoco le dio la impresión de que estuviera observando el cuadro. «Estabas en otro mundo —dice—, como ahora.» Le gusta usar una expresión española: «En qué mundo vives».

Se queda callada y me mira, no de soslayo, sino abiertamente, un lado de su cara alumbrado por la luna, por el brillo oleoso del río, con una expresión alerta de severidad y dulzura. No hay rastro en ella ahora de la cara de Cecilia. Ninguna otra mujer aparte de ella ha estado tan cerca de mí en todos estos años, en el espacio tan ceñido del olor y del tacto, primero el roce de su piel y su pelo, luego el aliento delicado y el sabor repentino y carnal de los labios y la lengua que no sé besar porque todos mis gestos están modelados a la medida de los besos de Cecilia. Me besa con la boca abierta, los ojos cerrados.

Los abre y se encuentra con los míos, que no he llegado a cerrar. Algo que había brotado va disipándose cuando Ana Paula se aparta sin dejar de mirarme. En unos segundos lo que podía ser ya no es. Gente invisible nos observa a los dos: nombres que no hemos pronunciado. Sin que nos diéramos cuenta ha terminado el eclipse. La luna llena se ha desplazado hacia el oeste, disminuida e intacta. Un avión pasa encima de nosotros con el estruendo enorme de su envergadura, empezando el descenso después de un vuelo transatlántico. Le digo a Ana Paula que mi mujer llega esta madrugada, en uno de esos vuelos. Después vamos hacia su coche en silencio. Se ofrece a llevarme a casa, pero le digo que no hace falta, que estoy muy cerca. Me ha preguntado cómo se llama mi mujer. Digo «Cecilia» y el nombre suena raro en mi voz, o es mi voz lo que no reconozco en este momento, en el muelle apartado, tan cercano al puente y al ruido y las luces de los restaurantes. He dicho el nombre tan bajo que Ana Paula no lo oye bien y tengo que repetirlo: «Cecilia». Me ha dado un beso en los labios antes de subir al coche. La veo irse, su flequillo recto y su perfil egipcio en la ventanilla bajada. Me mira de soslayo haciendo con la mano un gesto de adiós. Veo las luces rojas del freno y luego el coche se aleja por una rampa y ya no veo nada más.

41

He caminado un rato a lo largo del muelle, alejándome del puente. El aire está muy quieto pero
a la orilla llegan breves sonidos metálicos de los
mástiles y los aparejos de los yates amarrados. Voy
buscando el paso elevado sobre la carretera y las
vías. Hago el cálculo de todas las horas que he dejado sola a Luria. Cuando salí de casa hacía sol y no
le dejé ninguna luz encendida. Ahora estará quie-
ta en la oscuridad, en el silencio, esperando, sin
sentido del tiempo, tumbada en la alfombra, o en
el sofá, la mandíbula apoyada entre las patas, quizás mirando hacia la luz que entra de la calle, o en
el balcón, alerta a cualquier rastro de brisa, a pasos
o voces que se acerquen, al motor de algún coche,
la puerta del edificio que se abre y las pisadas sobre
los peldaños de alguien que ella sabe que no puedo ser yo. Como el paso elevado queda más lejos
he decidido pasar al otro lado por un túnel bajo la

carretera y las vías. Por el túnel se llega también a una estación subterránea donde paran los trenes. He visto la entrada otras veces pero nunca he cruzado por él. Se baja por una escalera mecánica que está averiada. La luz es fluorescente y mustia. Mis pasos suenan a hueco en los peldaños de metal. Pasos míos o de otras personas a las que no veo se multiplican en corredores de techo bajo llenos de resonancias. Se oyen con extraordinaria nitidez gotas que caen como en el interior de una cueva profunda.

No hay lugar en las paredes o en los techos que no esté ocupado por imágenes pintadas o grafitis. Sobre murales con vistas de la ciudad desconchados o desvaídos por la humedad y los años se superponen garabatos, dibujos, caras enormes, palabras sin sentido, caligrafías globulares, manos abiertas impresas, siluetas de animales o de monstruos, mensajes en cursiva, exclamaciones, maldiciones. Hay grafitis en todos los espacios libres, en las puertas cerradas, en las columnas, en el techo, en el suelo, en los rincones hediondos a orines, rellenando las superficies pintadas de los murales, tachándolos. Las goteras forman charcos de agua sucia que debo pisar para seguir avanzando. El suelo es un muladar. Hay botellas rotas, bolsas de plástico, restos de comida pisoteada, charcos de vómitos. Delante de mí un hombre viejo envuelto en harapos se tambalea mientras rebusca en un montón de basura. Un pasadizo lateral es un refugio de colchones viejos, lechos y tabiques de cartones, caras de ojos alcohólicos que brillan en la oscuridad, figuras lentas de zombis. Los túneles no están bien señalizados, o la señal que yo buscaba ha desaparecido bajo una capa de grafitis. La primera vez que fui a Nueva York en los años ochenta me equivoqué de parada del metro y me encontré en una estación que tenía las escaleras de salida bloqueadas por basuras y escombros, en alguna parte de Alphabet City.

Creo que voy a salir y al girar una esquina me veo delante de un muro con una puerta metálica cerrada y muy poca luz porque están rotos a golpes o a pedradas los fluorescentes del techo. Ahora tengo miedo. Ahora puedo estar en el metro de Nueva York en 1984. Una rata gorda y mojada cruza sin apuro delante de mí y devora un trozo de pizza. De pronto es un gran alivio el clamor de carcajadas de un grupo de turistas nórdicos borrachos que andan tan perdidos como yo. Trompetas de hooligans de fútbol atruenan los corredores de techo tan bajo. La escalera mecánica de la salida también está averiada. Llego al aire libre y no sé dónde estoy. No reconozco la calle en la que he emergido, ni las rampas de tráfico que se elevan sobre ella, ni los edificios, bloques macizos de almacenes clausurados, con letreros de empresas comerciales con una tipografía de otro siglo. Los adoquines tienen un brillo de grasa bajo las farolas mortecinas.

Esta es la oscuridad que había en el barrio de Cecilia en Nueva York, en las noches de septiembre y octubre, cuando aún olía a ceniza mojada y a materia orgánica quemada y teníamos que sortear las bocacalles principales, en las que estaban las barreras de control con sus luces rojas y azules, los coches de policía y los guardias nacionales con uniformes de guerra. El ruido y la vibración de los generadores eléctricos instalados en las aceras hacían temblar el suelo bajo nuestros pasos. Casi todas las ventanas estaban a oscuras en los edificios muy altos, con sus fachadas severas de ladrillo. Todos los restaurantes y todas las tiendas estaban clausurados. Un helicóptero volaba muy cerca y no podía verse porque aún seguía subiendo una gran nube negra sobre las ruinas. Urgida por la impaciencia de saber qué ha sido de su edificio y de su apartamento Cecilia se me ha adelantado al doblar una esquina y ahora no puedo verla. En estas calles de trazado confuso al sur de Canal Street es muy fácil extraviarse de noche. Una materia resbaladiza y viscosa brilla sobre los adoquines desiguales, como en el Meatpacking District cuando estaba lleno de almacenes frigoríficos y fábricas de hamburguesas y salchichas. Es ese mismo olor a carne podrida: y aquí a carne podrida y quemada. Es Cecilia quien lleva la linterna. Me parece que veo su resplandor en el escaparate de una tienda cerrada al final de la calle. Un avión en descenso vuela sobre mi cabeza. El puente que distingo al final de la perspectiva sombría de los almacenes no es el Manhattan ni el George Washington sino el 25 de Abril.

El ahora se me ha vuelto lejano. El pasado de entonces tiene una consistencia más poderosa que el presente. Los adoquines, los olores a mar y a materia corrupta, los muros muy altos de almacenes a oscuras. No oigo las palas de un helicóptero sino motores de aviones y el ruido de un tren viejo que se acerca, los vagones cubiertos de garabatos de grafitis, como los del metro de Nueva York hace muchos años. Entre los bloques de ladrillo y ventanas tapiadas se abren solares protegidos por vallas metálicas que terminan en marañas de alambre espinoso. Camino más rápido y tropiezo en el suelo desigual. Piso envases de plástico y cristales rotos. Es una noche de verano. Acaba de terminar un eclipse de luna. He oído o leído que la llamaban luna de sangre. Ahora he desembocado en una calle como de pueblo, recogida, con casas de techo bajo encaladas, una plaza con una fuente en el centro debajo de una gran acacia, una pequeña casa de comidas en la esquina. Un camarero termina de recoger las mesas y va apagando luces. Voy tanteando mi camino como en el interior de los espacios incongruentes de un sueño. En una iglesia próxima da la hora una campana que tiene el timbre exacto y ligero de las campanas de Lisboa. Solo es medianoche. Para asegurarme miro la hora en el teléfono. Miro la hora, el día, el mes en que vivo, el año que durante unos minutos se me había perdido, como la noción y el nombre de la ciudad donde estoy. Voy subiendo la escalinata y luego la cuesta en dirección a mi calle. En este silencio Luria ya habrá empezado a oír y a distinguir mis pasos.

42

El almirante Byrd calentaba su cabaña con una
estufa de gasolina tosca y complicada. 1933 es el
Paleolítico de la tecnología. Algo más que no había
sabido calcular en sus preparativos eran las emana-
ciones de monóxido de carbono de la estufa. Tenía
que pararla de vez en cuando para evitar el envenenamiento o mantener una rendija abierta en la
escotilla. El precio de no morir asfixiado era arriesgarse a ir muriendo poco a poco de frío. En la noche
polar el termómetro descendía a sesenta o setenta
grados bajo cero. El almirante Byrd veía formarse
poco a poco una lámina de hielo en las paredes y
en el suelo de la cabaña. Los cristales de hielo se
extendían como plantas trepadoras o líquenes. La
tinta estaba siempre helada en el tintero. Sujetando
un lápiz con los dedos rígidos de frío en el interior
de los guantes de piel de reno el almirante Byrd es-
cribía con puntualidad su diario y registraba las me-

diciones atmosféricas de sus instrumentos. Salía de la cabaña para respirar el aire limpio y hacer algo de ejercicio y le bastaba alejarse unos pasos de la escotilla para encontrarse perdido en la oscuridad, entre los torbellinos cegadores de la nieve y el viento. La nieve y la niebla eran tan espesas que a unos pocos metros ya no le dejaban ver las antenas y los anemómetros de su puesto de observación. Había marcado un sendero clavando en la nieve una doble fila de cañas de bambú, pero el viento las tiraba y las enterraba la nieve. Tenía miedo de que una capa de nieve helada le impidiera abrir desde dentro la escotilla. Temía quedarse sepultado en la cabaña en un sarcófago de hielo duro como basalto. Un día volvió de uno de sus breves paseos y descubrió que no podía abrir la escotilla. En unos pocos minutos el hielo la había sellado. El terror a quedar sepultado fue de pronto el de no poder abrir la escotilla y morir congelado en la intemperie. Tiraba con las dos manos de la argolla y la tapa no se movía. Lo derribó un golpe de viento y ya no podía ni siquiera encontrar la argolla ni el contorno de la escotilla en la confusión de las rachas cegadoras de nieve. En ese momento tengo que parar de leer. Es muy tarde y ha sonado el teléfono. Miro a mi alrededor como si acabara de despertar de un sueño muy profundo.

43

Es una vez y es muchas veces. Varían las fechas, las luces diversas de las estaciones, el estado de ánimo, pero el escenario es el mismo. La ventana, la calle bajo los árboles, con hojas unas veces, otras desnudos, hojas jóvenes en una ebriedad de clorofila o amarillas de otoño, el sol de la tarde en las fachadas y las cornisas de enfrente, su declive dorado y rojizo, las luces luego encendiéndose en las ventanas según avanza la noche, y yo no dejo de mirar hacia la acera, los faros de un taxi, los pilotos rojos, ascuas en la oscuridad. La memoria no preserva bien hechos singulares, sino secuencias reiteradas, patrones, modelos, destilados de experiencia que ayudan a predecir repeticiones futuras.

No sé cuántas variantes de la espera están resumidas en mi modelo de recuerdo. Cecilia va a llegar de un viaje. Yo he terminado todos los preparativos y ahora puedo dedicarme en exclusiva a esperar. Sé a qué hora ha salido su avión y cuántas horas dura el vuelo. He vivido desde que me levanté entre la hora mía presente y la de la ciudad casi siempre europea de donde está a punto de despegar o ya ha salido el vuelo de Cecilia. Su ausencia cambia de intensidad, o de grado. Hasta ayer era una ausencia absoluta: ella estaba una ciudad y yo en otra y vivíamos en dos tiempos distintos, con una distancia de seis o siete horas. Ahora no está aquí todavía pero ya está viniendo. Nuestras dos vidas están conectadas como esas partículas que se sintonizan y se influyen entre sí a mucha distancia. Yo me he levantado de mi lado de la cama en Nueva York y Cecilia va en un taxi camino de un aeropuerto a las afueras de Madrid o París o Berlín. Los participantes en congresos científicos se mueven de unas ciudades a otras como nubes de aves migratorias. Cecilia espera en la cola de facturación y aprovecha para comprobar los mensajes en el móvil. Yo preparo mi desayuno solitario escuchando en la radio pública el boletín de noticias de la BBC. Yo miro por la ventana hacia la acera de enfrente por la que desfilan unos niños con mochilas a la espalda y uniformes de colegios privados. Cecilia estará ya observando una Antártida de nubes blancas desde la ventanilla del avión.

Paso el día en mi tiempo y en el suyo, desenfocado, desdoblado. A cada momento que miro el reloj hago la cuenta de la diferencia horaria y del tiempo de viaje que aún le queda a Cecilia. Entre la ausencia y la presencia hay grados de aproximación que se van haciendo más complicados y sutiles según se acerca la hora de la llegada. Hay un momento en el que la espera alcanza una especie de pureza química: es cuando me siento junto a la ventana y ya no hago nada más que esperar. La cena ya la tengo preparada. He puesto el mantel, los cubiertos, las servilletas, las copas. Me gusta poner las cosas dobles después de llevar solo varios días. He encendido un par de esas velas italianas que dan olor a higuera. Tengo preparada en el frigorífico una botella del vino blanco que le gusta a Cecilia. Hay cerveza muy fría por si viene con sed. Hay una jarra de agua fría con una rodaja de limón. He preparado una cena que resista bien la espera: que no corra el peligro de estropearse si se queda fría. Ahumados, salami y jamón italiano, salmón al horno, una ensalada simple de tomate rojo y carnoso mexicano que aliñaré en el último momento. He revisado el dormitorio, el cuarto de baño, el estudio de Cecilia. Dejé las ventanas abiertas toda la mañana, aunque hiciera frío. Ahora que lo tengo hecho todo puedo concentrarme en esperar su llegada.

Es un oficio que he ido perfeccionando con los años y con los viajes profesionales cada vez más frecuentes de Cecilia. El paso definitivo lo di cuando me quedé sin trabajo. El lugar más adecuado de la espera es el sillón de lectura que hay junto a la ventana del salón. Desde ella veo el sitio exacto en que se detendrá el taxi. La calle tiene muy poco tráfico. Solo coches de vecinos y taxis pasan por ella. Me he sentado a esperar y aún es de día. El sol llega hasta la mitad de la altura del edificio de enfrente. Otras veces, si es invierno y hay amenaza de nieve, hay una luz gris inmóvil que va apagándose muy pronto. Los aviones suelen llegar al JFK con retraso. El viaje desde el aeropuerto puede durar una hora. Cuando se hace de noche y llevo mucho esperando me cuesta más calcular el tiempo. No sé si habrá llegado ya el avión, si llevará media hora volando en círculos a la espera de que le autoricen el aterrizaje, si Cecilia estará ya en uno de esos vestíbulos de Inmigración desangelados como garajes, atestados de colas de viajeros que desembarcan de los vuelos de la tarde, dispuestos mansamente a sufrir las humillaciones que quieran infligirles los funcionarios de Inmigración. En esta franja de la espera hay una concentración de incertidumbre. Después del aterrizaje, de Inmigración, de la recogida del equipaje, de la aduana, queda la cola de los taxis, el largo viaje a Manhattan por la autopista siempre atascada, siempre obstruida por obras ingentes. Si es invierno puede añadirse la amenaza de

la puerta del conductor, que da a este lado. El pasajero saldrá por el lado de la acera. Si está muy oscuro me cuesta distinguir si quien sale del taxi es un hombre o una mujer. El pasajero o la pasajera a la que no llego a ver bien sale por la puerta de atrás y se aproxima al maletero, que el taxista ha abierto. A veces la tapa levantada del maletero oculta a la persona que viene. Luria se instala montando guardia delante de la puerta. Ha oído el estrépito del maletero al cerrarse. El taxi es viejo y tiene un ruido de chatarra. El taxi arranca y Cecilia está en la acera sujetando el asa extensible de la maleta. Me extraña que no levante los ojos hacia la ventana en la que sabe que yo estoy esperando. La mujer echa a andar en otra dirección y no es Cecilia. La calle se ha quedado desierta y oscura otra vez. Pasan bicicletas sin luces de repartidores de comida. Pasan vecinos con perros camino de Riverside Park. Se oye el ruido de un tren que va hacia el norte y que sale del túnel más arriba de la Calle 125. La espera impone el silencio en el interior de la casa. Ni se me ocurre poner música. A Luria se le han contagiado mi inmovilidad y mi alerta. Podría tomarme un whisky o un vaso de vino para apaciguar los nervios pero no quiero apartarme de la ventana. Es como si la intensidad de la espera favoreciese la llegada, la adelantara, la hiciera posible, un imán poderoso atrayendo a Cecilia hacia mí, hacia esta casa hospitalaria y recogida en la que todo está preparado para recibirla. Cualquier cosa puede ocu-

llo de voces, acompañadas por los gestos de Cecilia, que me cuenta historias de gente con la que se ha encontrado y al mismo tiempo saca cosas del equipaje, libros que ha traído, carpetas y publicaciones de sus congresos, una botella de aceite, una figura de cerámica que vio en el escaparate de un anticuario, un whisky de malta que me ha comprado en un duty free. Tiene mucha hambre y se entusiasma al levantar la tapa de la tortilla de patatas, redonda y amarilla como una luna llena. El cansancio no le quita el hambre ni las ganas de hablar y de contar, ni amortigua su escándalo por los desastres políticos sobre los que ha leído en el periódico. Me cuenta encuentros con colegas tontos y soberbios que la sacan de quicio; parodia la manera pomposa de hablar de un científico que sale mucho en televisión y que le parece un fraude; se enfurece por las últimas noticias sobre el oscurantismo del gobierno de Trump y su rendición vergonzosa a los intereses de las compañías petroleras. Quiere ponerme cuanto antes en el iPhone una canción de un cantante viejo caribeño que se llama Walter Ferguson. Le dura la furia contra el trato insolente de los funcionarios de Inmigración, envalentonados por la xenofobia de Trump. El que ha revistado hoy su pasaporte y su *green card* y la ha mirado detenidamente como para desenmascarar a una impostora o a una enviada del ISIS le ha preguntado con malos modos cómo es que llevando más de diez años como residente no ha solicitado todavía la nacionalidad americana. Se fija con aprobación en las flores, en las velas macizas con olor a higuera, en el mantel, en las servilletas y las copas. Con arrojo de contrabandista saca del fondo de la maleta un paquete de jamón ibérico envasado al vacío. Me doy cuenta de cómo le brillan los labios: sé que se los ha pintado de rojo un momento antes de abrir la puerta del apartamento. La palidez de la fatiga de un viaje tan largo no disminuye su atractivo. Su vitalidad brota con más fuerza para sobreponerse al cansancio y a la falta de sueño. Ha venido de Copenhague o de Madrid o de Praga o de un sitio todavía más lejano. Reparto una botella muy fría de cerveza Indian Pale en dos copas y cuando Cecilia bebe ávidamente de la suya se le llenan los labios de espuma. En la copa de cerveza y en la de vino me gusta ver la huella del carmín de sus labios.

Se sienta luego en la cama oscilando de sueño y cansancio. Dice que tiene tanto sueño que le da pereza desnudarse y hasta quitarse las botas. Soy yo quien la va desnudando despacio, tumbada sobre la colcha, extendiendo una pierna y luego la otra para que la descalce, primero las botas y luego esos calcetines cortos medio infantiles que le gusta ponerse. La cerveza y el vino blanco han añadido un grado de desfallecimiento a la fatiga del viaje. En el espejo del armario me veo inclinado sobre ella, si-

44

He de fijarme muy atentamente en las cosas que se parecen mucho para distinguirlas entre sí. Es un trabajo con frecuencia agotador. Hay gente que por una alteración mínima en el córtex visual del cerebro no reconoce las caras y no puede distinguirlas unas de otras. Cecilia me explica esas rarezas o enfermedades cerebrales y yo procuro aprenderme los nombres. Prosopagnosia, por ejemplo. Yo a veces no distingo los días, y menos aún las mañanas iguales en las que dispongo los mismos platos y cuchillos y tazas y me preparo el mismo desayuno. Cómo voy a saber en qué día preciso estoy llenando el depósito de agua de la cafetera y contando las cucharadas de café que pongo en el filtro, o exprimiendo las naranjas de zumo siempre tan dulce, o vertiendo luego la misma cantidad de leche caliente en la jarra. Voy por la calle mirando los mosaicos de pequeñas piedras blancas de la acera, que son los mismos en todas las aceras innumerables de Lisboa, idénticos y cambiando siempre, como las escamas de los peces o los millones de hojas de un árbol. Me fijo en las briznas jugosas de hierba en los intersticios de las aceras. He de distinguir las hojas de cada especie distinta de árbol ahora que están empezando a caerse. Pero incluso las de un mismo árbol nunca son del todo idénticas. Con mucho esfuerzo, cuando un avión en descenso pasa sobre la terraza, puedo distinguir su modelo y ver en el fuselaje el logo y el nombre de la compañía aérea. Pero la silueta que aparece a lo lejos sobre el horizonte del río es siempre la misma, y el ruido de los motores también, salvo cuando un avión transatlántico vuela más bajo de lo habitual y estremece durante unos segundos toda la amplitud del cielo sobre mi cabeza. Luria identifica el sexo y la individualidad de cada uno de los perros que han ido dejando el rastro de sus orines o de sus heces por la calle. En cada caso presta una atención interesada y paciente, y solo cuando la ha satisfecho accede a continuar su paseo. Luria distinguirá mucho antes que yo los pasos de Cecilia cuando llegue.

Dice Montaigne que todo parecido exacto es el resultado de una distracción, que nunca hay dos cosas que sean de verdad iguales. Dice Cecilia que todas las ratas blancas del laboratorio son distintas entre sí en un grado mínimo pero significativo. También es ínfima la diferencia genética entre los seres humanos. Dice Cecilia que nos parecemos entre nosotros mucho más, por ejemplo, que los chimpancés entre sí: dice que somos todos los descendientes de una población muy reducida de humanos que estuvieron a punto de extinguirse en un cuello de botella demográfico. Me acuerdo de aquel juego de los siete errores que había antes en las páginas de pasatiempos de los periódicos: dos dibujos visiblemente iguales, dispuestos el uno al lado del otro. Era un misterio, una frustración, un desafío que al principio me sacaba de quicio. Pero si me empeñaba, si perseveraba, encontraba un primer error, y luego otro, y otro, y a los pocos minutos lo que había parecido imposible era una evidencia que saltaba a la vista, a no ser que me rindiera, por desaliento o pereza.

Pienso ahora mucho en ese juego, en esas palabras de Montaigne. A Montaigne lo tengo siempre al alcance de la mano, él en su torre y yo en mi apartamento de Lisboa, abriendo al azar ese volumen sobrio y gustoso, de noble peso material, con sus tapas recias, y la fecha y la firma debajo de la dedicatoria de Cecilia. Miro ahora el empedrado de las aceras, los tejados de las casas, los dinteles de piedra blanca de las puertas y las ventanas. Hago el ejercicio de mirar esta casa como la mirará Cecilia y de apreciar lo que la hace parecida y hasta idéntica a la casa de Nueva York, y lo que la distingue. Me sorprende lo rápido que actúa el olvido: miro el suelo de madera y no puedo compararlo porque no estoy seguro de recordar cómo era el de la otra casa. Repaso los cuadros, las fotos enmarcadas, los objetos que trajimos de allí, que fui desenvolviendo uno por uno cuando los sacaba de las cajas, extrayéndolos del vendaje compacto de papel de embalar, cartón, cinta adhesiva, en que los habían envuelto los operarios de la compañía americana. Surgían como piezas frágiles cargadas de historia, hallazgos en una excavación: las maquetas de veleros; la de un barco de rueda del Mississippi; la máscara africana con trazos de pintura blanca; el oso tallado en madera por un leñador o un granjero hace más de un siglo; la bola del mundo en la que viene todavía el mapa del Imperio austrohúngaro y hay un espacio en blanco en el centro de África. Hasta el teléfono fijo que teníamos allí vino inútilmente en su envoltorio de tesoro arqueológico.

Pero hay que ir con un cuidado extremo. Cecilia mira por el microscopio y puede advertir de inmediato la diferencia entre dos láminas de grosor milimétrico de un pequeño cerebro de rata. La bola del mundo no estaba en el apartamento de Nueva York, o no era la misma. La que había allí se cayó y se rompió. El sonido de la bola del mundo al romperse me parece que lo estoy oyendo ahora. Luria se asustó y empezó a ladrar. El mapa anacrónico que tenía aquella era el de la URSS. Esta bola la compramos en Lisboa. La vi en un escaparate y pensé que le gustaría a Cecilia. Pensé que era idéntica a la anterior. No me fijé en el mapa del Imperio austrohúngaro. La compré en una tienda de antigüedades cerca de São Bento. No me acuerdo ahora de si era la misma en la que me dijo que trabajaba Ana Paula.

Pienso en la cara de Ana Paula y no la recuerdo bien. Me ha mandado algún mensaje pero no le he contestado. No recordaba haberle dado mi teléfono. Me concentro y la cara que veo con dolorosa vaguedad en mi imaginación es la de Cecilia. Cuando llegue se asombrará de que su mapa del cerebro humano y su retrato de Cajal ocupen en su estudio de aquí la misma disposición que tenían en el de Nueva York, y de que la luz le entre también por una ventana a la izquierda de su mesa de trabajo. Hasta el teléfono fijo comprobará que es el mismo. Pero ahora lo miro y me doy cuenta de que no lo es. El otro era más grande, un modelo que se había quedado antiguo. Este tiene el auricular inalámbrico. No sé si lo he oído sonar alguna vez. Y sin embargo me acuerdo bien de haber desembalado el otro. Le pedí ayuda a Alexis para que me ayudara a conectarlo. Se echó a reír y me dijo que había pensado que era una antigüedad decorativa; dijo que mejor lo llevaba a vender al mercadillo de Ladra. Sé que lo he visto hace poco y no me acuerdo dónde. Juraría que lo he oído sonar. Cuando salta el contestador se oye a un volumen considerable en la habitación una voz elocuente en inglés, una voz masculina alentadora, casi jovial. «*We are not available now. Please leave your message after the beep. We will return your call.*» Sonaba el teléfono de tarde en tarde y ya casi nunca lo cogíamos. Eran mensajes publicitarios grabados o voces de pedigüeños o de vendedores patéticos de cosas que ya no quiere nadie, voces americanas de entusiasmo imbatible, o de teleoperadores trabajando jornadas estériles de doce horas en galpones recalentados, en periferias polvorientas de capitales asiáticas. Las llamadas arreciaban durante las grandes nevadas, cuando la gente tenía que quedarse en casa a la fuerza. Volvíamos de la calle o de un viaje y lo primero que hacía Cecilia era pulsar el botón del contestador para escuchar los mensajes que se habían acumulado en nuestra ausencia. La voz grabada repetía las palabras con una breve pausa robótica entre ellas. «*You. Have. Ten. New. Messages.*» Al final concluía: «*No. New. Messages.*» Cuando yo estaba solo esas voces conocidas y desconocidas eran las únicas que sonaban en la casa aparte de la mía, cuando le hablaba a Luria. Si Cecilia estaba ausente yo dejaba pasar uno tras otro los mensajes con la esperanza de escuchar su voz sonando desde algún sitio lejano del mundo.

sé quién soy, ni dónde estoy, ni en qué tiempo. Sueño que estoy en Nueva York pero esa certeza no se corresponde con nada de lo que veo. Me encuentro en lugares de Lisboa y no sé cómo he llegado a ellos.

Estoy sentado en un banco de madera delante del Tríptico de las Tentaciones de san Antonio. Veo criaturas como batracios o escarabajos que pululan por el suelo, demonios voladores, un cielo azul tan limpio como el que se dilata hoy sobre el río, un horizonte infernal de carnicerías e incendios. He llegado caminando durante mucho rato al final de un muelle, hasta una valla que corta el acceso. Los mástiles, las anillas, los aparejos metálicos de los yates amarrados chocan entre sí removidos por el viento y forman una polifonía insistente y variada, como la de una orquesta de esa música indonesia que llaman gamelán. Una noche de verano Cecilia y yo fuimos a escuchar a una orquesta de gamelán en Central Park. La música parecía fluir con naturalidad del aire y de los árboles y de la oscuridad caliente en la que volaban las luciérnagas. Detrás de la valla de alambre hay un buque con el casco medio volcado contra el muelle, el casco negro desconchado por la intemperie y la herrumbre, y un nombre en letras blancas junto a la proa, *Seabird*. Yo he visto antes ese nombre, a la orilla de este río o a la del otro, más parecidos ahora por este viento contra el que cuesta mucho avanzar y que riza el

El GPS del teléfono es una ayuda, desde luego, aunque solo hasta cierto punto. Veo en la pantalla la pulsación del círculo azul que me indica dónde estoy, pero las líneas del mapa que hay alrededor muchas veces no me dicen nada, nombres de calles o plazas en las que no he estado antes, o que no sé conectar con las que me son familiares. Veo la flecha desplazándose por el laberinto en miniatura de la pantalla y no encuentro la correspondencia con el espacio complicado y real que tengo por delante. Voy por un subterráneo con las paredes y los techos llenos por completo de pintadas y todo vibra y retumba con el paso de un tren que no llego a ver. Salgo a la luz del día como si emergiera de golpe de un agua turbia. He llegado a un muelle apartado que está muy cerca del puente. El sol de la mañana da un brillo inestable de mercurio al agua del río rizada por el viento. Me parece que estoy a punto de acordarme de un sueño que se me borró al despertar. Me acuerdo del filo curvado de sombra deslizándose sobre la luna llena y de mi sombra que tapa la cara de Ana Paula cuando se inclina hacia mí cerrando los ojos. Voy subiendo y bajando cuestas desde hace un rato y me encuentro en una plaza inesperada, muy recogida, con una acacia enorme en el centro, y a su sombra un banco que rodea el tronco, y a su espalda un palacio deshabitado, y frente al banco un mirador que da a los tejados y al río, a torres de iglesias, a mástiles de banderas rojas y verdes, a cúpulas de aire oriental hechas de hierro y de vidrio.

Como estoy muy cansado me siento en el banco. Saco el libro del almirante Byrd y me pongo a leer. El frío extremo, el silencio, el monóxido de carbono lo sumían en un estado de letargo y en una debilidad que no le dejaban fuerzas para tomar algo de alimento, ni siquiera para marcar en el calendario el paso de los días. Por debajo de la lectura va creciendo una incertidumbre que no me deja concentrarme en ella. He estado en esta plaza otras veces, o he estado en otra muy parecida, cerca de aquí o en otro extremo de la ciudad. Probablemente ha sucedido aquí algo de lo que debiera acordarme. Es una plaza que descubrimos Cecilia y yo en nuestro primer viaje, pero no estoy seguro. Miro a mi alrededor buscando una placa con el nombre. La encuentro después de mirar sin éxito en varias esquinas. Es un nombre que no me dice nada. La única referencia cierta que tengo es el río, cubierto esta mañana de una bruma que se confunde con el horizonte nublado. Veo tejados, cúpulas, muros rosados o amarillos, terrazas con buganvillas, torres blancas de iglesias. Todas las torres de las iglesias de Lisboa son iguales, salvo las torres cúbicas de la catedral. No veo el puente. No hay sol y no puedo orientarme. Echo a andar sin propósito y cuando estoy más perdido llego al final de una calle y estoy de repente en el Chiado. El mapa completo de la ciudad y los puntos cardinales se recomponen en un instante en mi cerebro.

por la orilla del río y los muelles, sin alejarme mucho nunca, sin perder la referencia segura del paso elevado sobre la carretera y las vías del tren.

Toda la exposición al sol y al aire libre que necesito la puedo tener en la terraza, más ahora que no hace tanto calor y que han crecido las plantas. No he llegado a instalar el toldo. Hasta el año que viene no será necesario. Y no me fío de que Alexis ande olisqueando por aquí. No se me olvida cómo miraba de soslayo hacia el dormitorio aquella mañana que vino a tomar las medidas en la terraza. Sin decirle nada he hecho cambiar la cerradura. La nueva la instaló en un momento un cerrajero del barrio. Tengo llamadas y mensajes de Alexis pero no le he contestado. Con un pequeño esfuerzo que además es una beneficiosa distracción me ocupo yo mismo de mantener limpia y ordenada la casa. Ya no necesito a Cándida, al menos hasta que llegue Cecilia. El ahorro es menor, pero no desdeñable. He ido almacenando alimentos no perecederos: arroz, legumbres, azúcar, aceite, latas de conservas, pasta, embutidos, vino, leche, cerveza, café, frutos secos, pasas, bacalao. Lo tengo todo ordenado en las estanterías de madera de la cocina, que parecen las de un ultramarinos antiguo, y en el cuarto trastero, donde el carpintero de Alexis me puso unas baldas. También tengo velas, pilas, cajas grandes de cerillas, pienso para Luria, botellas de agua mineral.

De los estantes de la cocina y del trastero emana ahora un grato olor a almacén de alimentos. Será una alegría ir a comprar por las mañanas al mercado del Campo de Ourique cuando Cecilia esté conmigo, como íbamos los domingos a nuestro Farmer's Market de Nueva York. Pero ir solo a la compra no deja de ser un aburrimiento, y una tristeza. Muchas de las cosas que antes compraba en las tiendas del barrio y traía luego en mi mochila por las cuestas arriba ahora las pido online. Unas veces las traen pronto y otras, por desconocidas razones lisboetas, tardan días en llegar. Tampoco tengo urgencia. Estoy tan bien surtido de entretenimiento y de libros como de víveres. En cuanto termine la segunda lectura hipnotizada de las memorias del almirante Byrd emprenderé la de los seis volúmenes de la *Historia de la decadencia y caída del Imperio romano*, de Edward Gibbon, que sin duda me llevará varios meses. Sin darme mucha cuenta he perdido el hábito de beber whisky de malta y de leer los periódicos impresos. Una cosa que echo de menos es abrir la puerta cada mañana y encontrarme en la alfombrilla mi ejemplar del *New York Times*, y sentarme luego con él en el sillón de lectura, junto a la ventana. Al menos el sillón de lectura lo sigo teniendo, y una ventana casi idéntica por la que miro hacia la calle, justo a la altura de la esquina por la que doblan los coches, los pocos que pasan por aquí.

Las noticias sobre el fin del mundo me llegan con puntualidad por internet y en los canales innumerables por culpa de los cuales me desvelo todas las noches, y pierdo inútilmente horas valiosas de lectura y de sueño: Luria a mi lado en el sofá, el mando a distancia y un vaso de vino al alcance de la mano, en la misma mesa baja y junto a la misma lámpara que teníamos en la otra casa. Sátrapas con armamento nuclear, aspirantes a dictadores y a genocidas, proveedores de corrupción y de odio, herederos apocalípticos de Lex Luthor y del Doctor No. Veo imágenes de huracanes devastadores y de islas del Pacífico que van siendo tragadas por el ascenso del mar. Veo una marcha de millares de fugitivos que inundan las carreteras y desbordan puestos fronterizos y quieren llegar a Estados Unidos como un pueblo peregrino que atraviesa el desierto. Veo ciervos jóvenes en los bosques de América que se tambalean y caen al suelo agonizando porque a cada uno de ellos le chupan la sangre más de cincuenta mil garrapatas, que se multiplican ilimitadamente ahora que en los inviernos no hace frío suficiente para eliminarlas. Veo fondos marinos esquilmados por unas criaturas tan resistentes y fértiles como las garrapatas, los cangrejos verdes, «las cucarachas del mar», dice un locutor que acaba de salir del agua y se ha quitado la máscara de buzo. Los cangrejos verdes son tan fuertes que pueden sobrevivir hasta una hora entera sin oxígeno. Son predadores voraces que se benefician de lo mis-

se abren a los tejados de Lisboa, a las terrazas de las casas próximas, con sus macetas y sus cuerdas de ropa tendida moviéndose en el viento, a las nubes viajeras que llegan del mar cargadas de lluvia, al horizonte del río y de las colinas boscosas del otro lado. Los aviones pasan atronando el cielo, espantando a los pájaros, descargando en el aire limpio sus toneladas de CO_2. Algunas veces se oyen pero no se ven porque atraviesan las nubes. En los paseos nocturnos con Luria aprovecho para inspeccionar las cosas que la gente deja tiradas sin miramiento en la calle. Una serie de cajas de diversos tamaños, en perfecto estado, que recogí hace poco, me servirán para llenarlas de tierra fértil cuando llegue la época de plantar hortalizas en la terraza. Por lo pronto ya he habilitado un recipiente metálico con tapa ajustable que he empezado a usar como compostadora. Los desperdicios orgánicos de ahora serán el abono de nuestros alimentos futuros. Vierto ahí las granzas del café, las cáscaras de las naranjas exprimidas, las peladuras de las patatas y los tomates, las cáscaras de huevo, las hojas más verdes de las lechugas, los cabos duros de los espárragos. Cuando levanto la tapa sube del fondo de la compostadora un olor profundo a tierra removida y a bosque.

Mis gastos se han reducido extraordinariamente. Cocino para varios días. Las raciones individuales

Cecilia también estaba encendida. Me ha despertado una idea urgente de algo, una claridad decisiva que se ha extinguido con el sueño pero que me deja el rescoldo de una intuición.

Es la idea de que me he equivocado en algo; he cometido una distracción; lo he preparado todo meticulosamente pero hay algo que no he hecho, o que he hecho mal, por descuido, sin darme cuenta. Con tantos preparativos para sus seis meses de retiro y observación en su cabaña de la Antártida el almirante Byrd se olvidó de llevarse un despertador. Tampoco supo prever que no funcionaría bien la expulsión del monóxido de carbono de su estufa. Pero he tenido y tengo que ocuparme yo solo de demasiadas cosas. Mi falta de sentido práctico, o de experiencia, ha vuelto agotadoras tareas simples que habrían requerido mucho menos esfuerzo, y por lo tanto menos atención. A veces el cansancio, la impaciencia, la falta de sueño me han impedido el ejercicio pleno de una lucidez que no puede relajarse sin peligro. Las facultades cognitivas humanas son mucho más limitadas y más engañosas de lo que parece, dice Cecilia. Confiamos demasiado en la capacidad de raciocinio, en la fidelidad de la memoria y de los sentidos. Atribuimos a la inteligencia mucha más agudeza de la que posee en realidad. Cómo puede uno fiarse de una mente que cuando está dormida acepta como verdaderas sin ninguna extrañeza las fantasmagorías desatadas de los sueños.

Me he despertado con la sensación apremiante de que hay un error o un malentendido que yo no he sabido detectar a tiempo y que desde el principio ha socavado mi propósito. Me he esforzado en disponerlo todo en esta casa para nuestra vida de aquí, para el regreso de Cecilia, para la espera lo más grata posible del fin del mundo que está más cerca cada día, incluso para nuestra posible supervivencia feliz después de la catástrofe. He leído libros. He visto documentales. He consultado catálogos en páginas web. He contado durante algún tiempo con la colaboración que yo consideraba eficiente y leal del exfunambulista y tal vez impostor Alexis. He sido, o he intentado ser, consciente de mis limitaciones, de mi propensión a distraerme y a aburrirme, de mi negligencia. He intentado educarme a mí mismo para compensar tantos años de trabajos y distracciones estériles, y mi tendencia al ensimismamiento y a la pereza; y sobre todo para corregir mi ignorancia, en la medida de lo posible, de la cultura científica en la que Cecilia vive sumergida, a veces hasta el punto de no ver más que lo que hay bajo la lente de su microscopio y en los pequeños cubículos por los que se mueven las ratas asustadas de sus experimentos, en su laboratorio sin ventanas ni relojes en las paredes en el que no le cuesta nada perder la noción del tiempo. He observado cada objeto de la casa, cada lugar, cada momento, esforzándome en verlos completos en su singularidad: no tergiversados por mis prejuicios o mi aturdimiento, no confundidos en secuencias de monotonía igualadora. Cuando conocí a Cecilia hacía listas con las fechas y lugares de cada uno de nuestros encuentros, de cada noche juntos, de cada polvo que echábamos, de cada película que veíamos, concierto al que ella me llevaba, libro que me regalaba o me recomendaba que leyera. He deseado que nada valioso y único se desperdiciara en el olvido. He querido reconstituir la otra casa de Nueva York en esta casa de Lisboa. He querido distinguir los detalles en los que las dos se parecen y en los que las hacen diferentes, el juego infantil de los siete errores: para situarme yo mismo en el espacio y en el tiempo, en una ciudad y no en la otra, ahora y no entonces; pero un ahora en que el entonces esté preservado tan intacto como sea posible, igual de habitado por Cecilia y por mí, y hasta por Luria, que se vuelve más rara y solitaria cuando uno de los dos falta en la casa, más sensible a un silencio sin voces.

Y aun así me doy cuenta de que me he equivocado, aunque todavía no sé si irreparablemente, ni en qué. Ahora debo repasarlo todo, incluso lo que he dado más por supuesto, para detectar el error, o los errores, los que he cometido y los que puedo estar cometiendo. Algo he hecho que no debía, algo he dejado sin hacer y puede que ya no tenga remedio. Cuando oía alejarse lentamente sobre la nieve helada el vehículo en el que se marchaban sus compañeros de expedición, el almirante Byrd sabía que muy pronto empezaría a caer la noche antártica y que iba a estar solo en ella durante seis meses sin ayuda de nadie. He de vigilar cada paso que doy. He de recapacitar sobre cada uno de los que he dado hasta ahora. De algo en apariencia nimio puede depender todo. Dice Cecilia que en la naturaleza los procesos casi nunca son lineales. Una pequeña alteración o irregularidad en las condiciones de partida puede multiplicarse hasta provocar efectos inusitados y catastróficos. Una población que disminuía poco a poco de pronto acelera su declive y llega a un punto crítico en el que su extinción es irreversible. Una calamidad se representa gráficamente por una curva vertiginosa de ascenso o caída.

Yo sé que no puedo fiarme de mis facultades mentales. Se me olvidan cosas esenciales de ahora y pierdo el tiempo y la memoria en recuerdos inútiles de hace muchos años, o de historias que he leído en los libros. Busco algo y no lo encuentro donde debería estar. Voy a salir y busco las llaves o la cartera o el móvil y pierdo mucho tiempo examinando todos los lugares posibles en los que puedo haberlas olvidado. Parece que las cosas se esconden de mí en rincones imprevisibles, hasta inaccesibles a veces. Luria asiste inmóvil a mi búsqueda. Escribo carteles y los pego con cinta adhesiva en los sitios donde es más fácil que los vea: «No olvidar las llaves», pegado en la puerta, a la altura de mis ojos; «Apagar el gas», encima de la hornilla. He programado en el teléfono tres avisos diarios para no olvidarme de los paseos de Luria. Hay veces que no la veo y me da miedo que se haya escapado por culpa de un descuido mío. La llamo y no viene. Luria tiene menos sentido de la obediencia que un gato. Hago ruido con el cuenco del pienso pero no consigo provocar una respuesta instintiva. Sin duda sabe que la estoy buscando. Permanece alerta y en silencio y con el corazón acelerado como un niño que juega a esconderse. Tardo en encontrarla porque nunca elige el mismo refugio. Luria vive en un laberinto exclusivamente suyo de rincones a oscuras, de techos muy bajos, protectores y abrigados, con superficies gustosas de madera pulida que vibra cuando se acercan unos pasos, el espacio debajo de la cama o del sofá, o el más angosto todavía debajo del diván en el estudio de Cecilia. A veces elige para esconderse la jaula en la que la llevamos durante los viajes, aquellos largos trances de soledad inexplicable y quizás aterradora de los vuelos transatlánticos, en la bodega de un avión.

Anoche me desperté a las cuatro de la madrugada porque se oía muy fuerte la lluvia y Luria no estaba en la alfombra a los pies de la cama. Salí a buscarla y no la encontraba. Absurdamente crecía la angustia de que no apareciera. Por supuesto que estaba cerrada la puerta. Me acordaba de haberle estado acariciando la cabeza antes de dormirme, mientras leía en la cama. Estaba encendida la luz en el estudio de Cecilia. Ahora me siento en su mesa cuando tomo apuntes de algo que esté leyendo. Luria no estaba debajo del diván, ni en otro rincón que le gusta mucho, el que se forma entre el archivador y la puerta entornada. Iba de una habitación a otra llamando a Luria sin alzar mucho la voz, sin hacer ruido con mis pasos. Ya la había buscado en el cuarto trastero pero volví a él porque no me quedaba otro sitio donde buscar. Estaba agazapada dentro de una caja de cartón en la que aún quedaban algunas cosas residuales de la mudanza. La saqué en brazos y el corazón le latía muy fuerte. En el fondo de la caja había cargadores antiguos, cosas inútiles, cedés, carpetas, hasta nuestro teléfono fijo de Nueva York.

48

Ha estado lloviendo toda la noche. Ahora la lluvia continúa en silencio. He abierto los postigos de todas las ventanas para que las habitaciones se iluminen. Solo el pasillo de la biblioteca permanece en penumbra. El verde mojado de las plantas brilla en la terraza. Una claridad agrisada se mantiene a lo largo del día. Es una luz sin tiempo. Incluso con las ventanas abiertas parece que atraviesa un cristal escarchado. A ratos se hace más intensa y hasta proyecta sombras débiles y luego se atenúa y se oscurece el interior de la casa. Es grato el tacto de la lana de un jersey recién sacado del armario, el calor de los radiadores que he conectado por primera vez. Sonó varias veces el teléfono pero luego ha dejado de sonar. En la pantalla ha aparecido el nombre de Alexis. Luego han sonado señales de mensajes. Me ha desconcertado el timbre del teléfono fijo porque no recordaba haberlo oído antes. He es-

le dijo algo. Atravesó la calle y ya no lo vi. El teléfono vibró de nuevo. Ahora era la señal de un mensaje. Luego sonó el fijo, su timbre desconocido, repitiéndose muchas veces. Yo adivinaba lo que iba a suceder a continuación con tanta claridad que lo hacía cumplirse. Ahora lo que sonaba era el llamador del portero automático. Luria rompió a ladrar. La tomé en brazos y la senté sobre mí en el sillón. Con una mano la sujetaba bien para que no se escapara. Con la otra le tapaba la boca. Luria se revolvía para escapar de mí y correr hacia la puerta. El llamador del portero automático sonó espaciadamente. Luego se hizo el silencio. Me costaba mantener cerradas las mandíbulas poderosas de Luria. No lograba impedir que gruñera. Se agitó más todavía cuando empezaron a sonar los pasos en los peldaños. Sin duda reconocía los pasos de Alexis y ya había identificado su olor. Habría bastado que yo redujera un poco la presión sobre ella y Luria se habría desprendido de mí y habría escapado hacia la puerta de un salto. Sonó el timbre. Varias veces, más largo y más breve, como si se repitiera un código. Yo predecía algo y un instante después ya estaba sucediendo. Cesó el timbre y se oyó el tintineo de un manojo de llaves. Hubo un silencio: con las llaves en la mano, Alexis pegaba el oído a la puerta, alzando el cuello flaco, los ojos redondos muy abiertos, un principio de vibración en las aletas muy finas de su nariz. Una llave tanteaba la cerradura. Aún no se daba cuenta Alexis de que ya no era la misma. Insistía, desconcertado. Luria temblaba entre mis brazos, sus músculos tensos como cuerdas. Su aliento caliente humedecía la mano que le sujetaba el hocico. Ya no se oía el trajín metálico en la cerradura. Hubo un silencio más largo. Los adoquines y las carrocerías de los coches aparcados brillaban bajo la lluvia. En la furgoneta de Alexis se movían en lentos abanicos las varillas del limpiaparabrisas. Se veía por momentos y dejaba de verse una cara imprecisa. Los pasos sonaban de nuevo en la escalera, más lento ahora que cuando habían subido. Alexis miraba luego desde la calle hacia mis ventanas, limpiándose con la mano las gotas de lluvia de la cara.

49

El Paciente H. M. tenía veintisiete años cuando el cirujano le practicó la lobotomía. Su memoria explícita se quedó detenida en 1953. El resto de su vida lo pasó en una residencia, gracias a una pequeña pensión de invalidez. Durante largas temporadas lo alojaban en una habitación del departamento de Neurofisiología del Instituto Tecnológico de Massachusetts, donde se sometía con docilidad y buen ánimo a los experimentos que hacían con él todo tipo de especialistas. Tenía una voz suave y un poco dubitativa. Era capaz de aprender tareas manuales complicadas pero luego no se acordaba de haberlas aprendido. A la neurocientífica que trabajó casi medio siglo con él la saludaba cada día como si acabara de conocerla. Tenía la boca grande, dicen, las orejas grandes, una gran sonrisa. Llevaba unas gafas gruesas de pasta. Comía con buen apetito. Si había terminado de comer y un experimentador le ponía delante otro plato de comida, él le daba las gracias educadamente y se lo tomaba con las mismas ganas. No sabía su edad. Se la decían y la olvidaba de inmediato. Se acordaba muy bien de programas de televisión de los primeros años cincuenta. Creía que el presidente era Eisenhower. Se echó a llorar sin consuelo cuando le dijeron que su padre había muerto. Se lo volvieron a decir al cabo de unas semanas y de nuevo fue un golpe para él y rompió a llorar con la misma congoja. Un investigador se fijó después en que escondía algo en la mano derecha, un pedazo pequeño de papel del que no se separaba nunca. Había escrito en él con letra desigual que su padre estaba muerto. La alegría, la pena y los recuerdos inmediatos se le borraban con ecuanimidad al cabo de treinta segundos. Decía de vez en cuando cosas enigmáticas: «Estoy teniendo una discusión conmigo mismo». Decía: «Cada día es un solo día». Murió en 2008, con ochenta y cinco años, mientras dormía, muy apaciblemente. Le extirparon de inmediato el cerebro. Lo llevaron de Boston a San Diego en una nevera portátil. En un laboratorio de la universidad el cerebro congelado del Paciente H. M. fue dividido, para su estudio posterior, en 2.401 láminas de un grosor de setenta micras. Cada una fue fotografiada en alta resolución y con todas ellas se elaboró un atlas en 3D que es el más completo que existe de un cerebro humano.

Aunque me cueste será mejor que por ahora no siga leyendo. La lectura tiene un efecto excesivo sobre mí. La superficie de la realidad se me ha vuelto demasiado frágil. Empiezo a leer y voy cayendo en un estado hipnótico y me convierto en lo que estoy leyendo. La realidad tangible la usurpa la otra realidad imaginaria pero mucho más poderosa de las palabras escritas. Leo las memorias del almirante Byrd y noto la presión en las sienes y el pesado mareo gradual del envenenamiento por monóxido de carbono. Al cabo de pocas páginas me encuentro perdido en los treinta segundos de presente sin antes ni después del Paciente H. M. Leí en un libro sobre sueños lúcidos que la única manera segura de saber si uno está soñando o si está despierto es buscar un espejo y mirarse en él. En los sueños uno no puede verse en los espejos. Salgo de la ducha y el espejo del cuarto de baño está empañado de vapor. Veo apenas una sombra moviéndose. Limpio el cristal y veo en él mi cara. El Paciente H. M. no se reconocía en los espejos, aunque sí en las fotos de su niñez y de su primera juventud. Otra cosa que el almirante Byrd olvidó llevarse a la cabaña era un espejo. Los compañeros que lo rescataron a punto de morir de hambre y de congelación y en estado de delirio antes de que se cumplieran los seis meses contaron luego que no lo reconocían, y que les daba miedo. Le preguntaban algo y abría la boca emitiendo gruñidos, como si hubiera olvidado el uso del habla.

50

Cualquier cosa me distrae de pensar con claridad; de estar del todo donde estoy; de ver lo que tengo delante de los ojos; de observar secuencias de causas y efectos. Cualquier sonido me perturba; también la percepción duradera del silencio. El vecino viejo del piso de arriba arrastra los pies justo encima de mi cabeza a las tres o a las cuatro de la madrugada. Me desvelé leyendo un libro de historia de los faros y la luz encendida del dormitorio la veía desde la calle en el barrio a oscuras, en la noche de lluvia. Yo era el guardián del faro y el que lo vislumbraba desde lejos. El padre de Robert Louis Stevenson era ingeniero especializado en construir faros. Cuando yo era muy joven subí una vez con alguien más por las rocas peladas del cabo de Creus y no pudimos llegar al faro porque la tramontana era tan fuerte que nos derribaba. Me contaron que el farero vivía solo con una hija ciega y con una serpiente domesticada. La historia no era menos increíble que las formas como osamentas horadadas de las rocas o que los olivos retorcidos sobre los precipicios o la fuerza vengativa del viento.

He desconectado el móvil. He apagado el portátil. Necesito el máximo grado de lucidez que me sea posible. No pongo la televisión. Luria ha debido de notar con su sexto o séptimo sentido que cualquier cosa puede alterarme y se ha retirado a uno de sus escondites. Hago listas mentales de tareas imprescindibles y antes de que las apunte en un cuaderno ya se me han olvidado. Recorro uno por uno los lugares de la casa para asegurarme de que todo está en orden: el papel higiénico en sus rodillos, las toallas, el dentífrico en el lavabo, el jabón de manos en su cuenco de cerámica portuguesa en forma de hoja de parra, el gel y el champú en la ducha, el retrete limpio, sin manchas de orina en los bordes, la ropa en los armarios, las almohadas mullidas, las sábanas limpias, la colcha sin una sola arruga, la cerveza y el vino blanco en la nevera, hielo suficiente en el congelador.

Intento acordarme de una palabra que usa Cecilia, una de esas palabras científicas calcadas del inglés. Me vino a la memoria anoche antes de dormirme y ahora no vuelve. Afortunadamente para el Paciente H. M., el cirujano bárbaro no le succionó con su aspiradora ninguna de las dos áreas distintas del hemisferio izquierdo del cerebro en las que reside el lenguaje: en una de ellas, la capacidad de usar las palabras; en otra, la de comprenderlas. Algo he ido aprendiendo. Desaparece una palabra o un nombre y el esfuerzo mismo de recobrarla la ahuyenta.

Hace un rato estaba tan oscuro que parecía un atardecer adelantado. Un momento después vuelve la claridad y luego el sol y el tiempo ha retrocedido al mediodía. Las gotas cuelgan y caen de los canalones como cuentas luminosas de cristal. «Replicabilidad» era la palabra. No basta que un experimento tenga éxito una vez, dice Cecilia. Para que sus hallazgos tengan validez es necesario que el experimento pueda ser reproducido exactamente en las mismas condiciones por equipos distintos al que primero lo ideó y que dé resultados idénticos. La he visto desvelarse cuando algo que ella estaba segura de que sucedería no llega a repetirse. Me he despertado en mitad de la noche porque al tantear en sueños en la cama no encontraba a Cecilia a mi lado. He salido del dormitorio y he visto luz en su estudio. No la luz de la lámpara sino la claridad azulada de insomnio de la pantalla del ordenador que le iluminaba la cara muy seria y muy fatigada, perfilando en escorzo sus pómulos, reflejándose en los cristales de sus gafas severas. La ciencia está más llena de incertidumbres de lo que se imagina quien no se dedica a ella, dice Cecilia. Por muy riguroso que sea un protocolo, las posibilidades de error son innumerables. El azar influye en el resultado de un experimento igual que en el de un poema. Lo que parece regido por valores cuantitativos, por las mediciones microscópicas de una precisión inaudita, por las lentes prodigiosas de los microscopios, también puede estar sujeto a las vaguedades y a los engaños de la percepción humana. Puede que lo que estás viendo no sea lo que hay, sino lo que tú quieres ver. Dice Cecilia que la mente de un científico obsesionado con un experimento puede ser tan poco de fiar como la de un enamorado.

Para eso también hay un término técnico. Ella lo usa con tanta naturalidad que no se molesta en traducirlo. «*Confirmation bias.*» Se quita las gafas sin apartar los ojos de la pantalla y me pregunta cómo se dice *bias* en español. Puede que el experimento que se quiere replicar no dé los resultados previstos porque se cometieron errores no advertidos durante el proceso. Entonces hay que volver al principio y repetir cada paso, medir con más cuidado todos los ingredientes, identificar cada uno de los errores posibles.

Eso es lo que yo me propongo ahora. He repetido tantas veces el proceso de esperar a Cecilia que quizás he acabado descuidándome. Hay algo en apariencia secundario que no he hecho. He cometido un error y no me he dado cuenta. Este día de silencio y de lluvia me ofrece la quietud suficiente como para volver sobre cada uno de mis pasos. El único ruido que oigo es el llanto de ese bebé que me llega a veces desde un apartamento cercano, acompañado por una voz femenina que canta, y que logra apaciguarlo. Por la calle no camina nadie esta tarde. Con las ventanas bien cerradas para que no se pierda el calor de la calefacción el paso de los aviones es un rumor que la mayor parte de las veces no llega a mi conciencia. No sé si ha empezado a oscurecer o si es de nuevo una racha de nubes más oscuras después de la cual volverá la claridad. Comí algo simple y ligero porque no tenía hambre y para no desordenar ni ensuciar la cocina.

Todo está dispuesto. Ahora es el momento de sentarme junto a la ventana. No voy a distraerme leyendo. He ajustado el sillón en el ángulo que me permite una vista clara de la acera, justo de la esquina en la que aparecen los coches. Hay luces encendidas en algunas de las ventanas de enfrente. Los radiadores están en marcha. A quien entre de la calle lo recibirá el aire a la vez limpio y cálido, el olor a savia y a hojas de higuera de las velas. He ido de un lado a otro de la casa examinándolo todo con mucha atención. Ahora me siento junto a la ventana y cierro los ojos un momento queriendo serenarme, repasar mentalmente todo lo que he visto. Mirar el reloj me sirve de poco. La agitación interior vuelve confuso cualquier cálculo de diferencias horarias. Con los ojos cerrados he oído unas campanadas lentas, de una resonancia profunda que dura mucho tiempo vibrando en el aire, las campanadas de la Riverside Church. No las he contado. La lluvia fuerte y el viento derriban las hojas de los árboles. El amarillo de las hojas irradia su luz más débil según se oscurece la tarde. Brillan unos faros y un momento después frena el taxi que los lleva encendidos. El número de la matrícula se enciende automáticamente sobre el techo. Se ven las gotas ahora racheadas de lluvia golpeando la capota de un taxi amarillo.

Me aseguro de que está bloqueado el teléfono móvil. Hay una sola lámpara encendida en el salón, suficiente para que desde la calle se vea la ventana iluminada. Me extraña tan poca luz. Miro a mi alrededor y no hay más lámparas. Tampoco hay muebles, ni cuadros. Veo en la pared los rectángulos blancos de cuadros descolgados. Hay bultos oscuros forrados de hojas de plástico, cartón, cinta adhesiva. En el vestíbulo una bombilla que cuelga del techo alumbra un montón de cajas. El teléfono fijo

do. Hay que lograr el máximo de fidelidad en las cosas. He abandonado mi puesto junto a la ventana y he atravesado el pasillo a oscuras, junto a las estanterías de los libros, hasta llegar al cuarto trastero. Los ojos de Luria brillan en un rincón, en el interior de su jaula de viaje. He buscado a tientas en el fondo de la caja de cartón y he encontrado el teléfono fijo de Nueva York. En el estudio de Cecilia, en un cajón del archivador alto de madera, hay varios adaptadores de enchufes americanos. No hay pormenor que no pueda ser imprescindible. Luria no me ha seguido hacia el salón. He enchufado el teléfono antiguo a la corriente. Se ha iluminado la pantalla en la que aparecían los números de los mensajes y los nombres de quienes llamaban. He oído el motor de un coche y he vuelto a la ventana. Era un taxi que doblaba la esquina y continuaba calle abajo, dando tumbos sobre los adoquines, alumbrando los hilos de lluvia delante de los faros. Este teléfono fijo era un modelo avanzado cuando lo compramos. Ahora es una tosca antigualla. Ha empezado a sonar y yo me he levantado. Me he quedado quieto, en mitad del salón, de espaldas ahora a la ventana. La cruda luz de la bombilla colgada del techo cae sobre las cajas de libros y sobre el teléfono en el que se enciende un piloto rojo. El timbre suena de otra manera en el apartamento sin muebles que ya ni siquiera es nuestro, del que nos habremos ido mañana. No sé cuántas horas llevo esperando. El nublado y la lluvia constante desfiguran la duración del tiempo, el tránsito del día al atardecer y del atardecer a la noche. A esta hora tardía ya es raro que aterricen aviones. No se los oye pasar sobre el río. Tampoco pasan trenes. Intentaba contar las campanadas profundas en la torre de la iglesia pero me equivocaba y desistía. Ahora cuento los timbrazos del teléfono esperando a que salte el contestador. Al mismo tiempo quisiera pararlo. Pero no me muevo, de pie, en el apartamento desmantelado, entre los montones de cajas. La voz masculina suena con su jovialidad irritante, con su expectativa americana de felicidad. No, ahora mismo no estamos en casa, y lo lamentamos, pero por favor no desista, *«leave your message after the beep»*, y luego la promesa, firme y sobria, *«we will return your call»*.

51

Es la voz de Cecilia la que no reconozco. Quiero ir hacia el teléfono antes de que termine de hablar y cuelgue pero no me muevo, aunque el suelo de madera cruje bajo mis pies. Me tapo los oídos pero es demasiado tarde. Mientras la voz habla dejando su mensaje yo me alejo hacia el fondo de la casa vacía pero la sigo escuchando. Puedo esperar a que termine y cuelgue y luego borrar de inmediato la cinta. «*Erase. Message. No. New. Message.*»

Con un golpe de lucidez que me llena de dulzura y de miedo me doy cuenta de que puedo volver a escuchar ahora mismo la voz grabada de Cecilia, en esta casa de Lisboa en la que nunca ha sonado. La voz vino conmigo sin que yo lo advirtiera, como un tesoro secreto, entre las cosas de la mudanza, en el fondo de esa caja en la que ha quedado lo que ya parece que no sirve para nada. Si quiero puedo hacer que la voz de Cecilia suene ahora mismo. La lámpara está junto a la ventana y el sillón de leer. La habitación se repite cóncava y remota en el cristal, contra el fondo oscuro de la calle. Oigo acercarse un coche, pero no hago caso ahora. Miro el teléfono antiguo delante de mí, grande y anticuado, sin línea pero con su grabadora de mensajes intacta, con el piloto rojo que se ha encendido al ponerle el adaptador y enchufarlo. Lo dejo en la mesa y salgo de la habitación. Luria ha aparecido sigilosamente a mi lado. No queda ningún libro en las estanterías. Mañana nos habremos marchado para siempre de esta casa y de Nueva York. Quiero apartarme para no oír esa voz suave y fría que no parece la voz de Cecilia. Si no me hubiera olvidado de desconectar también el teléfono fijo no habría tenido que escuchar lo que dice.

Es confuso porque ahora ha empezado a sonar el otro teléfono, el del presente, el de esta casa de Lisboa. También este habría debido desconectarlo. Si lo levanto ahora puedo saber quién me llama. Ahora que ha dejado de sonar alguien estará dejando un mensaje. Hay un piloto rojo intermitente que no ha dejado de iluminarse estos días. No sé desde cuándo. «Bruno, sé que estás ahí», dice Cecilia, en el antiguo teléfono, en el pasado de hace meses que no sé precisar. «Te he llamado por Skype y no respondías —dice—. Llevas todo el día con el móvil apagado.» Su voz intacta, al cabo de los meses, en esta casa y no en la otra, en esta ciudad en la que íbamos a vivir juntos y no en la otra de la que tantas ganas teníamos los dos de marcharnos, la misma voz diciendo las mismas palabras que yo no hubiera querido oír y que no había sabido recordar en toda su exactitud y crudeza, que yo había borrado de mi memoria hasta este momento, como dice Cecilia que puede borrar el aprendizaje del dolor en sus ratas blancas.

Hay un filo en cada una de sus palabras; una música fría que no reconozco. Si hay un trastorno cerebral que no permite reconocer las caras habrá otro que vuelva desconocidas las voces más familiares. «Tú crees que si te callas las cosas dejan de existir», dice Cecilia, tan hiriente como si estuviera hablando ahora mismo, llamándome desde no sé dónde, negándose a venir aunque yo ya lo tenía dispuesto todo para recibirla. «Decides algo sin consultarme y te persuades a ti mismo de que yo lo he decidido contigo. Te llevo la contraria y no me escuchas. No escuchas nada. Crees que estás escuchándome y es tu voz la que oyes en ese monólogo en que vives.» Pulso un botón para detener la voz pero no me acuerdo bien de cómo funciona el contestador y mis dedos son más torpes que nunca. «Vives encerrado en tu mundo y sin preguntarme a mí estás convencido de que yo quiero vivir en él tan encerrada como tú.» Parece que es otra y que me habla de otro hombre. «Te quiero pero no quiero ahogarme de tristeza contigo», dice Cecilia, su voz desconocida, su presencia invisible desde una lejanía que no sé dónde está, desde un aeropuerto tal vez, un palacio de congresos, un lugar grande y lleno de ecos y rumores. «Me oyes y no dices nada —dice Cecilia—. Te conozco muy bien. Me estás oyendo ahora mismo y no levantas el teléfono. Es como cuando finges que estás dormido. Crees que si no me contestas puedes hacer como que no oyes lo que digo, como que no te lo estoy diciendo. No voy a volver. No voy a volver nunca.»

Lo dice entonces desde la distancia en la casa vacía y lo dice ahora mismo, esta noche, en la realidad y en el presente, en Lisboa. Dice «no», dice «volver», dice «nunca», dice «chantaje». «Te has acostumbrado a mentir tanto que ya no sabes distinguir lo que es verdad de lo que tú has inventado —dice la voz helada, de lejanía y de clínica—. No me dijiste el motivo verdadero por el que te expulsaron del trabajo. Me decías que ibas a las sesiones de terapia y yo sacaba a Luria y te veía sentado en el parque. Tirabas las pastillas a la basura y no te molestabas ni en disimularlo.» A mi lado Luria reconoce su voz que no ha oído hace tanto tiempo. Alza el hocico hacia el teléfono, las orejas muy tiesas. «No puedes

hacerme el chantaje de decirme que me estás esperando», dice Cecilia. Ha dicho varias veces la palabra «no», la palabra «nunca», la palabra «chantaje». La voz se quiebra pero enseguida vuelve a ser
fría, y al mismo tiempo exasperada, o llena de cansancio, la voz forzada de alguien fingiendo ser quien
no es. Se interrumpe en mitad de una palabra. Suena un pitido, un golpe seco de tecnología obsole-
ta. Luego vuelve la voz masculina. «*End. Of. Message. No. New. Messages.*» Me he ido lo más lejos
que podía para no oír el teléfono si volvía a sonar.
He cerrado la puerta del dormitorio. Me he tumbado en el suelo porque ya no está la cama ni queda
ningún mueble. Me he dormido en un rincón, de
cara a la pared, encogido contra el frío. He despertado al amanecer, entumecido, sin abrir los ojos.
Luego he mirado a mi alrededor y no he encontrado ningún indicio que me permitiera saber dónde
estaba, cuándo, quién era.

He salido al pasillo y he reconocido poco a poco el
apartamento de Lisboa. Hay como un deslumbra-
miento que me ciega y borra el tiempo, una oscuridad de la que despierto como de una anestesia.
Entre el allí y el aquí, el entonces y el ahora, hay
un espacio en blanco, un tiempo sin rastros de memoria.

52

Ahora estoy sentado junto a la ventana, en el sillón de leer, un poco echado hacia atrás, con Luria a mis pies, mirando hacia la calle, una o dos ventanas iluminadas en la casa de enfrente, el pavimento mojado, una lluvia tenue que solo es visible en el halo de claridad de las farolas. Debe de ser tarde porque hace rato que no oigo pasar aviones. Una vela arde sobre el aparador, otra en la repisa de la chimenea. En la mesa del comedor están puestos el mantel, los platos, las copas de vino y agua, los cubiertos, la botella de vino blanco en el cubo de hielo. El mismo espejo que teníamos en Nueva York duplica la belleza y el orden de las cosas. Estoy sentado de tal manera que lo puedo ver desde mi puesto de observación junto a la ventana. En el piso justo enfrente de mí veo a alguien inclinado sobre la pantalla de un ordenador. No veo si es hombre o mujer porque lleva puesta la capucha de una sudadera. A lo lejos se oye un ruido de fondo que parece el mar y es el tráfico en el puente 25 de

Abril. Me asomé a la terraza y los reflectores del Cristo con los brazos abiertos iluminaban por dentro las nubes. Estoy bebiendo un vaso de vino. Me lo llevo a los labios y ya no está frío. Hacía tiempo que no tomaba vino y noto el efecto. O quizás es que llevo muchas horas sin comer, o que he tomado antes varios vasos más. Desde aquí no veo el nivel de la botella en el cubo de hielo. He dejado sonar el teléfono. Para lograr que calle basta un poco de paciencia. He visto aparecer unos faros atravesando en diagonal la calle, el aire en el que flotan partículas de humedad o de niebla ahora que ha dejado de llover.

El coche al que pertenecen lo he visto un momento después. Es un coche rojo. Creo que lo he visto alguna otra vez en el barrio. Sube la cuesta marcha atrás y aparca junto a la acera del otro lado de la calle. Se detiene el motor y se apagan los faros. Nadie sale del coche. Se ha encendido la luz del interior. Distingo vagamente una cara alumbrada por la pantalla de un móvil. Entonces vuelve a sonar el teléfono fijo. Suena varias veces y luego se calla. Luria ha alzado el hocico y las orejas. Ha empezado a mover la cola. Se vuelve hacia la puerta. Pero yo no oigo venir a nadie. Una mujer ha salido del coche. Antes de que alce la cara hacia mi ventana la he reconocido. La luz de la farola se refleja en los cristales de las gafas y dibuja su cara en escorzo. Es una figura sola en la calle. Si quiero puedo ver en ella la cara y los gestos de Cecilia, modelar esa sombra como una figura de cera, modificarla a la medida de mi añoranza y de mi deseo. No hay nadie más en el mundo. Puede haber sucedido una gran catástrofe y su resonancia o su onda expansiva tardará todavía mucho en llegar aquí. Subirá tal vez una gran ola muy alta desde el río anegándolo todo, derribando los árboles y los muros, estrellando los barcos contra los edificios y las escalinatas de las calles. Ha mirado hacia arriba y yo no me he apartado a tiempo de la ventana. Ha tecleado en el móvil y un momento después ha vuelto a sonar dentro de la casa el teléfono. He adelantado la mano hacia él pero no he llegado a levantarlo. He imaginado que sonaría ahora el llamador del portero automático. Lo que ha sonado pesadamente ha sido la puerta del edificio al abrirse y cerrarse. Luria se ha plantado delante de la puerta cerrada, las orejas tiesas, un gruñido de impaciencia que suena como llanto, la cola azotando la alfombra, el cuerpo entero tenso y temblando. Los pasos han empezado a sonar en los peldaños. Van subiendo, sin prisa, un peldaño tras otro. Sé que esto es ahora y no entonces porque en la otra casa lo que se oía era el ascensor. Ahora los pasos se han detenido muy cerca. Ha sonado el chasquido automático de la luz del rellano. Me he acercado muy sigilosamente a la mirilla. No he visto nada porque ha vuelto a apagarse la luz en la escalera. Respirando en silencio, la frente apoyada en la puerta, el corazón golpeando en el pecho, miro ahora que la luz ha vuelto a encenderse.